DIE WÖLFE DES X-CLANS

Der Ursprung
Andorra Sektor
Das Experiment
Pfeil des Winters
Bariloche Sektor

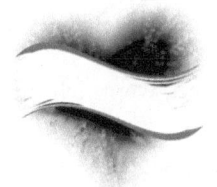

„Runter von mir", forderte sie. Entgegengesetzt ihrer Forderung, spreizte sie aber ihre Schenkel, damit ich mich zwischen ihnen niederlassen konnte ... denn ja, ihr Körper wollte mich – wie die Erregung, die jetzt meine Leistengegend bedeckte, bewies. Ihre feuchte Mitte hatte nichts mit dem seichten Wasser unter ihren Beinen zu tun.

Ich ignorierte ihren Befehl und sprach selbst einen aus. „Fang an zu reden!"

Es war ein Befehl, der für Riley nicht schwer zu befolgen sein sollte, da die Frau normalerweise kein Problem damit hatte, ihre Meinung zu sagen.

Doch ausgerechnet jetzt entschied sie sich, zu schweigen.

Sie blickte mürrisch zu mir hoch.

Gleichzeitig wölbte sie mir aber ihr Becken entgegen, drückte sich mit einer offensichtlichen Einladung zum Ficken gegen meinen Schwanz.

Die Einladung würde ich annehmen, *nachdem* wir über ihre Possen gesprochen hatten.

„Riley", knurrte ich, damit sie verstand, dass ich nicht in der Stimmung war, mich in die Irre führen zu lassen, nicht mit ihrem süßen und *bereiten* Körper unter mir. „Ich bin ungefähr fünf Sekunden davon entfernt, dich zu verknoten, *Omega*. Erkläre mir, wie das überhaupt möglich ist."

Ich kannte die Ursache bereits ... Unterdrückungsmittel.

Was ich wirklich wollte, war, dass sie erklärt, *warum* sie sie genommen hatte.

Sie schluckte schwer, und das Feuer in ihrem Blick erlosch.

Ich verengte meine Augen. „Antworte mir. Sag mir, warum du Unterdrückungsmittel genommen hast." Vielleicht würde es ihr helfen, sich zu öffnen, wenn ich ihr mitteilte, was ich offensichtlich schon wusste.

„Ich … ich wollte ein erfülltes Leben", sagte sie leise. Das war nicht das, was ich erwartet hatte, und ich runzelte die Stirn. Ich hatte sie noch nie in solch einem Tonfall sprechen hören. Das machte sie noch viel mehr zu einer *Omega*.

Und ich war mir nicht sicher, ob es mir gefiel, sie so kleinlaut sprechen zu hören.

Riley war sehr angriffslustig, was ich an ihr bewunderte.

Ich wollte nicht, dass sie sanftmütig und unterwürfig war. Ich wollte einfach nur *sie*.

„Ich wollte *leben*", fuhr sie mit etwas mehr Nachdruck fort, und ein Teil von ihr schien sich wieder zu fangen. „Ich wollte mehr sein als eine Welpen-Macherin."

Meine Augenbrauen schossen in die Höhe. „Mehr sein, als eine … was?"

„Du hast mich schon verstanden", antwortete sie, und ihre Augen leuchteten wieder wie Lava.

Da ist mein Mädchen, dachte ich. *Rede weiter.*

DER URSPRUNG

DIE WÖLFE DES X-CLANS

USA TODAY BESTSELLERAUTORIN

LEXI C. FOSS

Der Ursprung: Die Wölfe des X-Clans

Copyright © 2022 Lexi C. Foss

Deutsche Übersetzung: Well Read Translations

Cover-Design: Juan von Jay R. Villalobos

Cover-Modelle: Gus Caleb Smyrnios & Riley Rebecca

Umschlagfotografie: CJC Photography

Veröffentlicht von: Ninja Newt Publishing, LLC

eBook IBSN: 978-1-68530-205-4

Paperback ISBN: 978-1-68530-206-1

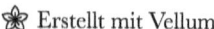 Erstellt mit Vellum

DER URSPRUNG

DIE WÖLFE DES X-CLANS

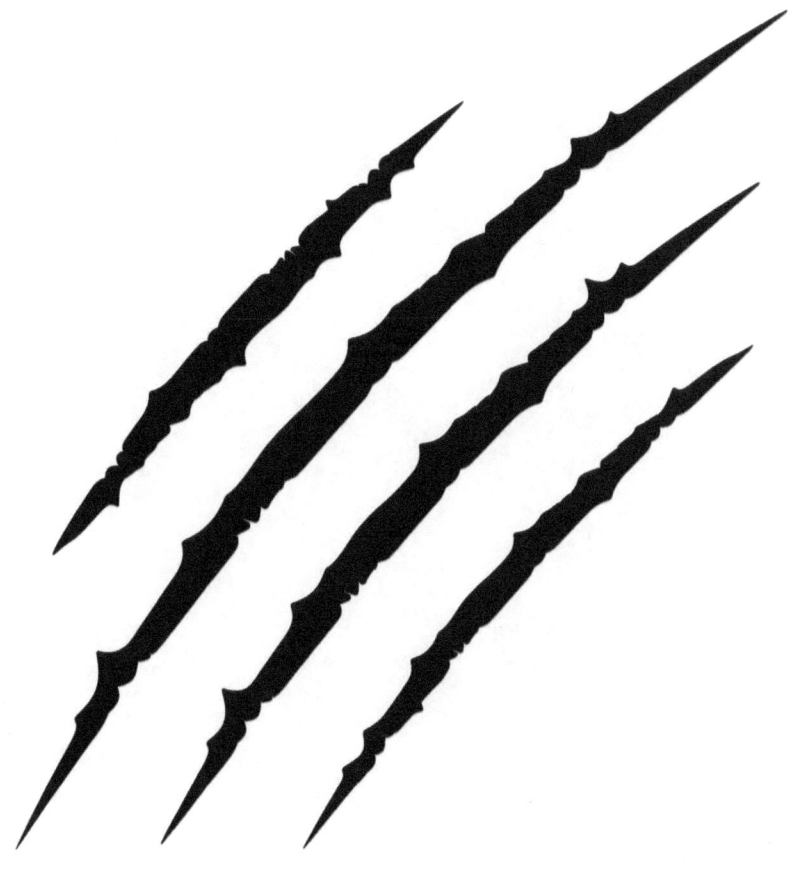

 DER URSPRUNG

Die Mauern des CDC-Geländes sind überwunden worden.
Die Infizierten haben uns fast eingeholt.
Es gibt kein Heilmittel gegen den Virus und man kann sich nirgendwo verstecken. Wir haben nur eine Möglichkeit ... die Flucht.

Alpha Jonas ist mein Bodyguard – und er ist sündhaft sexy.
Er ist derjenige, der mich vor einer Welt beschützen soll, die durch Chaos und eine unheilbare Krankheit dem Untergang geweiht ist.
Er verspricht mir, mich in Sicherheit zu bringen.

Es gibt nur ein Problem.
Er weiß nicht, dass ich eine Omega bin.

Und nicht nur irgendeine Omega.
Ich bin eine Omega, die kurz vor ihrer Hitze steht.

Ich habe mein ganzes Leben damit verbracht, mich vor meinem Schicksal zu verstecken.
Aber dank unserer überstürzten Flucht musste ich meine Unterdrückungsmittel zurücklassen.

Ich kann entweder das Unvermeidliche akzeptieren, oder ich gehe das Risiko mit den Infizierten ein.

Wenn Alpha Jonas erfährt, was ich bin, wird er mich nicht einfach nur knoten.

Er wird mich für sich *beanspruchen*.

Anmerkung der Autorin: Dies ist ein eigenständiger, dunkler Gestaltwandler-Liebesroman, der im Omegaverse spielt. Jonas ist ein kompromissloser Alpha, und Riley ist eine kämpferische Omega, die sich nicht unterordnen will.

EINE NACHRICHT VON LEXI

AN IHRE LESER:INNEN

Die X-Clan-Reihe spielt in einem Universum, in dem übernatürliche Wesen an verschiedenen Orten der Welt leben. Ihre paranormale Identität wurde enthüllt, kurz nachdem ein Zombie-Virus die menschliche Bevölkerung infizierte.

Einige der übernatürlichen Wesen sind von dem Virus betroffen. Andere – wie die Wölfe des X-Clans – sind es nicht.

Und leider sind auch die Menschen dagegen nicht immun. Dieser Virus verwandelt die Menschen in Zombie-artige Wesen.

Zu Beginn der X-Clan-Reihe sind über 90 % der menschlichen Bevölkerung von diesem Virus betroffen.

Es ist also eine dunkle Zukunft.

Ich wollte schon immer zu den Ursprüngen zurückkehren, um das Leben in dieser Zeit zu ergründen.

Diejenigen von euch, die die X-Clan-Reihe gelesen haben, werden mit Riley und Jonas vertraut sein, denn sie sind prominente Charaktere in dieser Welt. Dies ist die Geschichte, wie sie zueinander gefunden haben. Und sie ist so geschrieben, dass diejenigen, die mit der X-Clan-Welt nicht vertraut sind, einfach einsteigen und mitlesen können.

Der Ursprung: Die Wölfe des X-Clans ist eine eigenständige Vorgeschichte, die die Erschaffung des Gestaltwandler-Universums schildert und der Liebesbeziehung zwischen einem der einflussreichsten Paare der X-Clan-Welt auf den Grund geht.

Ich wünsche euch viel Spaß mit Jonas und Riley!

Alles Liebe,
Lexi

P.S. Eine persönliche Anmerkung: Diese Geschichte wurde durch meinen Abschluss in Öffentliches Gesundheitswesen inspiriert. Epidemiologie hat mich schon immer fasziniert, und ich habe mir diese ganze Welt im Jahr 2019 ausgedacht, bevor ich *Andorra Sektor* geschrieben habe. Diese Geschichte wurde also in keiner Weise von den aktuellen Ereignissen inspiriert. <3

PROLOG
JONAS

Dr. Riley Campbell verhält sich wie eine schnippische Göre.

Sie ist widerspenstig, unkooperativ, unhöflich, … aber sie ist die verführerischste Wölfin, der ich je begegnet bin.

Ich weiß nicht, was ihr verdammtes Problem ist, aber eines Tages werde ich diese rebellische kleine Beta übers Knie legen und ihr den Hintern versohlen.

Und dann werde ich sie ficken.

Von Sonnenaufgang bis Sonnenuntergang.

Tagelang.

Solange, bis ich dieser verführerisch gut riechenden Ärztin die Sturheit ausgetrieben habe.

Ich habe mich noch nie so zu einer Frau hingezogen gefühlt, geschweige denn zu einer Beta. Aber Riley hat einfach etwas an sich, das meinen Wolf verrückt macht.

Ich habe versucht, es zu ignorieren, aber ständig provoziert sie mich, mit ihren frechen kleinen Bemerkungen und bissigen Kommentaren. Sie akzeptiert meine Dominanz nicht.

Ich kann ihr Interesse an mir riechen, was vielleicht der

Kern unseres Problems ist. Ein guter Fick wird also dieses Problem für uns beide lösen.

Oder verschlimmern.

Vorausgesetzt, sie erlaubt mir, sie lange genug zu beschützen, damit wir beide diese Hölle überleben können.

Bei dem Tempo, das wir vorlegen, werden wir beide in wenigen Monaten tot sein.

Denn sie weigert sich, auf meine Anweisungen zu hören und kämpft gegen mich an.

Ich bin kein schlechter Alpha, kleine Wölfin.
Wenn du mir eine Chance gibst, wirst du sehen, wie gut ich zu dir sein kann.
Also, warum ziehst du nicht die Krallen ein? Lass mich dich streicheln und ich zeige dir, was ich mit meinen Händen und meiner Zunge machen kann.
Ich verspreche dir, dass du dich am Ende wie auf Händen getragen fühlen wirst.
Ich werde dich wie eine Königin behandeln.
Und du wirst um mehr betteln …

KAPITEL 1
RILEY

CDC-Gelände

„Was zum Teufel ist los mit dir?", klagte ich und starrte mein Spiegelbild an. „Du solltest nicht schon wieder ein Unterdrückungsmittel brauchen."

Meine Wölfin starrte mich im Spiegelbild an, und meine sich verdunkelnden Augen bestätigten, was ich bereits wusste – meine Hitze war auf dem Weg. *Schon wieder.*

Ich hatte erst vor drei Monaten ein Unterdrückungsmittel genommen. Ich sollte nicht schon wieder eins brauchen.

Es ist Jonas, dachte ich. *Dieser verdammte, unausstehliche Alpha macht meine Wölfin verrückt.*

Meine Wölfin hatte sich von dem Tag, an dem er vor dreizehn Monaten angekommen war, nur noch danebenbenommen.

Er war hier, um mich zu beschützen. Das machte die Situation nur noch schlimmer, denn meine Wölfin schmolz unter seiner schützenden Ausstrahlung praktisch dahin.

3

Verdammt.

Ich hielt mich am Waschbeckenrand fest und bemerkte, dass sich meine Unterarmmuskeln anspannten.

Ich hatte früher ein oder zwei Unterdrückungsmittel pro Jahr genommen. Sie überdeckten meinen Geruch und unterdrückten meinen Instinkt, mich paaren zu wollen. Aber seit Jonas' Ankunft hatte ich schon *vier* eingenommen.

Es war definitiv seine Gegenwart, die mich aus der Fassung brachte. Ich war in den letzten zehn Jahren mit mehreren anderen Alphas zusammen gewesen, aber *dieses* Problem hatte ich noch nie gehabt.

Natürlich war keiner dieser Alphas ein X-Clan-Wolf gewesen, also war das vielleicht das eigentliche Problem – die Anwesenheit eines Alphas meiner eigenen Art.

Er dachte, ich sei eine Beta. Das glaubten alle.

Nun, alle außer Kieran. Durch seine Affinität zum Heilen hatte er erkannt, was ich wirklich war. Er hatte sich jedoch bereit erklärt, zu meinem Wohl zu schweigen.

Vielleicht auch zu seinem Wohl.

Denn in der Sekunde, in der meine wahre Natur enthüllt würde, würde ich von einem X-Clan-Alpha beansprucht und in ein Nest gezwungen werden. Das war es, was meine Art tat – sie schätzten ihre Omegas und zwangen sie zur Paarung.

Keine beruflichen Möglichkeiten.

Kein Leben außerhalb des Nestes.

Keine *Wahlmöglichkeiten.*

Einfach nur ein aussichtsloses Dasein, verwöhnt von einem vernarrten Alpha.

Oder, in meinem Fall, einem Trio von Alphas, wenn die früheren Pläne meines Vaters für mein Leben aufgegangen wären.

Vielleicht ist es keine allzu schreckliche Art zu leben,

aber ich habe zu viele Ambitionen, um mich einfach zwingen zu lassen.

Das war der Grund, warum ich weggelaufen war, warum ich mein Rudel verlassen hatte und meinen eigenen Weg gegangen bin.

Es war gutgegangen, zumindest, bis sich der Virus verbreitet hatte.

Mit einem Seufzer ließ ich den Kopf hängen. *Noch ein Grund mehr, ein weiteres Unterdrückungsmittel zu nehmen.* Ich konnte mich nicht auf meine Forschung konzentrieren, wenn ich paarungsbereit war.

Wir standen nicht kurz davor, ein Heilmittel zu finden … Nein, davon waren wir weit entfernt, denn das Virus fraß sich durch jede verdammte Problemlösung, die wir entwickelt hatten.

Es hatte sich einfach zu schnell verändert.

Er zerstörte alles, was sich ihm in den Weg stellte.

Im Grunde genommen reagierte es genauso wie sein Wirt, da es wild und unüberlegt *fraß*.

Zombiismus, nannten es die Menschen.

Infektion, war der von mir gewählte Begriff.

Über sechzig Prozent der Welt war bereits zerstört worden. Mein Team war das einzige, das noch nach einem Heilmittel suchte. Und es war kein Zufall, dass die meisten von uns keine Menschen waren.

Wir hatten ein paar Sterbliche in unserem Labor, aber nicht viele. Sie waren einfach zu anfällig für …

Ich zuckte zusammen, als über mir ein Alarm ertönte, der die Luft vibrieren ließ und die Haare auf meinen Armen aufstellte.

„Was zum …?" Ich brauchte meine Frage nicht zu beenden, da ich den Grund für den Alarm bereits kannte. *„Verdammt."*

Dieses Geräusch bedeutete, dass die Mauer des Geländes überwunden worden war.

Das wiederum bedeutete, dass eine Evakuierung unmittelbar bevorstand.

Es waren einfach zu viele Infizierte. Sobald sie den Geruch von Beute witterten, machten sie vor nichts Halt. Es schien, dass es keine Rolle spielte, wie viele Mauern oder Stockwerke zwischen uns und ihnen existierten; sie konnten uns trotzdem finden. Es war fast so, als wären sie selbst Wölfe.

Natürlich muss das ausgerechnet heute geschehen, dachte ich.

Ich eilte zurück in mein Schlafzimmer, holte meine Notfalltasche und trug sie ins Bad, wo ich meine Tabletten aufbewahrte. Ich hätte einfach eine nehmen sollen, als ich mit Kopfschmerzen aufgewacht war. Stattdessen hatte ich meine Zeit damit verschwendet, wütend auf meine Wölfin zu sein und über die Notwendigkeit einer weiteren Dosis nachzudenken.

Dumm, Riley. Einfach dumm.

Für eine sterile Injektion war jetzt keine Zeit mehr, also packte ich die Sachen ein und ging zurück in mein Zimmer, um mir etwas zum Anziehen zu suchen.

Ich ließ mein Handtuch fallen und griff nach einem Oberteil, als die Tür zu meinem Quartier aufflog.

Jonas stand im Rahmen, und seine hellblauen Augen wanderten sofort über meinen nackten Körper.

Nacktheit hatte mich als Gestaltwandlerin noch nie gestört. Aber ein schwachsinniger Teil von mir geriet in Panik, und ich versuchte, mich mit dem Oberteil, was ich in meinen Händen hielt, zu bedecken.

Jonas bemerkte es entweder nicht oder es war ihm egal. „Wir müssen gehen", sagte Jonas.

„Was glaubst du, was ich hier tue?", schnauzte ich. „Ein Nickerchen machen?"

Er zog zur Antwort eine Augenbraue hoch ... sein Schweigen sagte alles und nichts zugleich. Er reagierte nie auf meine abfälligen Bemerkungen oder mein ständiges Bedürfnis, ihn wegzuschieben.

Er war immer geduldig.

Immer am Grübeln.

Immer am *Starren.*

Ich zwang mich, mich zu bewegen und griff nach einer schwarzen Hose, die zu meiner Bluse passte, und öffnete dann eine Schublade mit Unterwäsche.

Jonas beobachtete jede meiner Bewegungen und seine Nasenflügel blähten sich.

„Beobachtest du mich gerne?" Der Spott rutschte mir instinktiv heraus, und meine Vorliebe, ihn zu provozieren, kam zum Vorschein. Ich hatte das Bedürfnis, ihn genauso zu reizen, wie er mich reizte, was ihm gegenüber überhaupt nicht fair war und mich wahrscheinlich zu einem Gör machte. Aber er provozierte meine Wölfin. Also provozierte ich ihn.

Er reagierte wie immer – mit einem Grunzen – und stieß sich vom Türrahmen ab, um in mein Zimmer zu treten.

Ich machte unwillkürlich einen Schritt zurück, und meine Wölfin unterwarf sich sofort dem Alpha, der auf mich zustürmte.

Allerdings ging er nur an mir vorbei, um meine Tasche zu nehmen und ohne ein Wort wieder zu gehen.

Meine Nase zuckte und verriet mir, dass er nicht weit weggegangen war – nur in den Flur, um zu warten. Das musste seine Version von Privatsphäre sein.

Gut.

Ich brauchte den Abstand.

Der Alarm hatte mein Verlangen nach ihm nicht abgekühlt. *Warum muss er so groß und muskulös sein?*

7

Ach ja, richtig!

Weil er mein Bodyguard ist und ein *Alpha* noch dazu.

Ein kleiner, schwacher Wolf würde sich nicht für den Job qualifizieren. Ich konnte zwar in den meisten Situationen auf mich selbst aufpassen, aber gegen eine Armee von Infizierten hätte ich keine Chance. Der Internationale Rat hatte mich als schutzbedürftig eingestuft.

Deshalb hatten sie mir Jonas zugeteilt.

Mein Doktortitel in Infektionsepidemiologie machte mich wertvoll. Und die Tatsache, dass ich eine der wenigen war, die noch lebte, machte mich in der Forschung nur noch unentbehrlicher.

Die meisten meiner früheren Kollegen waren Menschen gewesen, was ihnen im Umgang mit dem hirnfressenden Virus, das jedes Mal, wenn es auf einen neuen Wirt traf, weiter mutierte, keine guten Chancen bot.

Ein Biss und das Virus breitete sich weiter aus.

Es gab sogar einige Wölfe, die infiziert worden waren, wie die Ashwolves, aber keine Wölfe des X-Clans oder V-Clans.

Das hielt die Infizierten allerdings nicht davon ab, uns zum Mittagessen verspeisen zu wollen, wenn sie die Gelegenheit dazu bekamen. Wir starben nicht so leicht, konnten allerdings schwer verletzt werden und schließlich unseren Verletzungen erliegen, wenn wir von zu vielen Infizierten gebissen wurden.

Deshalb beschützte mich Jonas.

Der große, kräftige, muskulöse Jonas, schwärmte ich … *mit seinem langen blonden Haar, dem markanten Kiefer, den eisblauen Augen und der hellen Haut.*

Er hatte sogar einen leichten Akzent. *Isländisch.* Er war in der Nähe des Blood-Sektors in Island aufgewachsen. Ich wusste das nur, weil Kieran es erwähnt hatte.

Jonas redete nicht viel.

Er grunzte und knurrte gerne und *starrte*.

Ich spürte seinen durchdringenden Blick in meinem Rücken, während ich mich ankleidete, und fragte mich, woran er gedacht hatte, als er mich vor wenigen Augenblicken beobachtet hatte. Er hatte nicht interessiert gerochen, aber er hatte auch nicht gelangweilt gewirkt. Seine Nasenlöcher hatten sich leicht aufgebläht und seine Pupillen waren etwas geweitet gewesen.

Kann er meine aufkommende Hitze spüren?, fragte ich mich, als ich mir ein Tanktop über meinen BH zog. Ich knöpfte mir zügig meine Bluse zu, bevor ich mir einen String und meine schwarze Hose anzog. Socken und flache Schuhe folgten als Nächstes – falls ich rennen musste.

Ich band mein noch feuchtes Haar zu einem Pferdeschwanz zusammen und überlegte, ob ich Parfüm auftragen sollte, um meinen Geruch zu übertönen.

Das könnte aber auch die Infizierten anlocken, beschloss ich.

Also nein.

Ich musste einfach diesen Flug überstehen und entweder im Flugzeug einen Ort finden, an dem ich mir mein Unterdrückungsmittel spritzen konnte, oder später, wenn wir gelandet wären.

Vielleicht kann ich in Kierans Jet mitfliegen, dachte ich, schnappte mir meine Handtasche – in der sich nur mein internationaler Militärausweis und ein Satellitentelefon befanden – und ging zur Tür.

Jonas stand draußen, der Blick wachsam und in kampfbereiter Haltung.

Ich streckte meine Hand aus. „Ich kann meine Tasche selbst tragen."

Er grunzte wieder und machte auf dem Absatz kehrt, ohne mich zu beachten.

„Ich bin kein Schwächling", sagte ich, während ich ihm

folgte. „Und in meiner Nottasche ist kaum etwas drin. Ich kann sie tragen."

Er antwortete nicht, sondern führte mich stumm den weißen Korridor des Wohnbereichs entlang.

Wir befanden uns hier tief unter der Erde, was bedeutete, dass wir nach oben gehen mussten, um den Flugplatz zu erreichen.

Die Alarme draußen bestätigten, dass es die Geländemauern waren, die durchbrochen worden waren. Es würde Stunden, wenn nicht Tage dauern, bis die Infizierten einen Weg zu uns hineinfinden würden. Wahrscheinlich würden sie es nie schaffen.

Aber der Flugplatz war eine ganz andere Geschichte.

Über uns war eine Truppe der Armee stationiert, die wahrscheinlich dabei war, das Gelände zu schützen.

Und alles zu erschießen, was sich bewegt, dachte ich, und meine Laune sank.

Das Virus war zu einer Krankheit mutiert, die Menschen zu hirnlosen Fleischfressern machte. Und ich hatte den größten Teil der letzten fünf Jahre damit verbracht, eine Lösung für das Problem zu finden.

Während die Menschen sich einfach gegenseitig umbrachten …

Das war ihre Lösung. Alles zu bekämpfen, was sie nicht verstanden, und die Verwundeten zu töten, anstatt ihnen zu helfen.

Jonas blickte auf mich herab, als er nach dem Aufzug rief, sein Blick war abschätzend.

Diesmal bemerkte ich seine Vorliebe fürs Anstarren kaum.

Ich konzentrierte mich nur auf die Gittertüren, als sie sich öffneten, und trat ein, resigniert gegenüber dem Schicksal, das uns an der Oberfläche erwartete.

Jonas stand vor mir, versperrte mir die Sicht und nahm

eine schützende Haltung ein, als wir nach oben fuhren. Er ließ meine Tasche auf den Boden fallen und zog eine Pistole aus dem Holster. Seine Haltung verriet mir, dass er sich auf das konzentrierte, was er oben hörte.

Ich erlaubte mir nicht, hinzuhören.

Ich hatte schon zu viele Schreie gehört.

Schluchzer. Undefinierbare Geräusche. *Erdrückende Todesstille.*

Ich zitterte, und mich überkam der Drang, die Arme um mich zu schlingen, aber ich gab meinen Gefühlen nicht nach.

Weinen würde die Situation nicht lösen oder verbessern.

Nichts hat bisher funktioniert, dachte ich resigniert. *Nichts. Nichts bringt es wieder in Ordnung. Die Menschen haben dieses unheilbare Virus mutieren lassen.*

Ich hasste es, ihnen die Schuld zu geben, aber ich konnte nicht anders. Die menschlichen Politiker waren diejenigen, die den Ausbruch in eine politische Debatte und nicht in eine Diskussion über die öffentliche Gesundheit verwandelt hatten.

Sie hatten weder den Forschern noch den verantwortlichen Ärzten zugehört. Sie hatten nur versucht, von ihrer Seite des politischen Spielfeldes aus einen Vorteil zu ziehen.

Und die ganze Welt hatte für ihre Unwissenheit bezahlt.

Als sich die Türen öffneten, schlug mir ein laues Lüftchen entgegen, denn die Hitze in Georgia war überwältigend und unwillkommen. Wir befanden uns etwa einhundertfünfundvierzig Kilometer nordöstlich von Atlanta und hatten in einer unterirdischen Anlage nahe der Grenze zu North Carolina Zuflucht gefunden, die nur wenige kannten.

Bei den Geräuschen, die draußen widerhallten, war klar, dass eine Horde Infizierter aus der Stadt gekommen war und uns hier in den Hügeln der Appalachen gefunden hatte.

Schüsse hallten durch die Luft und ließen mich zusammenzucken.

Es folgten Rufe.

Ich schloss meine Augen und holte tief Luft. *Du kannst im Moment nichts tun, um sie zu retten. Überlebe einfach und suche weiter.* Das war ein Mantra, das ich schon zu oft wiederholt hatte …

Jonas legte eine Hand auf meinen unteren Rücken und riss mich damit in die Gegenwart zurück.

„Bleib dicht hinter mir", sagte Jonas, dessen Lippen plötzlich mein Ohr berührten, während er mich aus dem Aufzug zog.

Er packte meine Tasche, verstaute seine Waffe und zog mich mit sich.

Wahrscheinlich war ich einfach vor Schock erstarrt, als sich die Türen geöffnet hatten.

Ich war mir wirklich nicht sicher, aber meine Beine bewegten sich jetzt, als er mich zu den wartenden Jets führte.

Es folgten Schreie und Schüsse. Der Lärm brachte mein Herz zum Rasen und ich hasste, was aus dieser Welt geworden war. Ich hasste es, dass ich sie nicht in Ordnung bringen konnte. Ich hasste es, dass mir meine Gene das Überleben ermöglichten, während so viele Unschuldige *starben*.

Erst als ich eine Metalltreppe hinaufblickte, erinnerte ich mich daran, dass ich in Kierans Jet fliegen wollte. Aber es war zu spät.

Jonas drängte mich bereits in diesen Jet.

Und ich wäre eine Närrin, wenn ich verlangen würde, dass er mich woanders hinbrachte.

Ein menschlicher Pilot war bereits an Bord, und seine Angst verbreitete einen beißenden Gestank, der meine Wölfin verärgerte. Beinahe knurrte ich, aber Jonas' Anwesenheit in meinem Rücken beruhigte mich augenblicklich.

Deshalb ist er so gefährlich, dachte ich wie im Delirium. *Er erdet mich zu leicht.*

Das ergab Sinn. Er war ein Alpha. *Das* war es, was sie taten.

Aber sie waren auch dazu fähig, alles zu zerstören.

Sie nahmen sich, was sie wollten, wie sie es wollten.

Omegas zum Beispiel.

Jonas begleitete mich zu meinem Sitzplatz und ich krümmte meine Schultern, um so wenig Aufmerksamkeit wie möglich auf mich zu ziehen. Mein Drang, dahinzuschmelzen und mich gleichzeitig zu verstecken, überwältigte meine Fähigkeit, meine Umgebung abzuschätzen. Seine Nähe verstärkte nur die sehr realen Anzeichen meiner bevorstehenden Hitze. Es war fast so, als würde seine Anwesenheit den Prozess beschleunigen.

Als praktizierende Ärztin wusste ich, dass es eine lächerliche Vorstellung war – es war undenkbar.

Aber das hielt meine Gedanken nicht auf und ich fragte mich, ob sein Knoten eine Art magischen Voodoo-Tanz aufführte, der meine bevorstehende Hitze noch weiter anfachte.

Verdammte Hormone, dachte ich, als er mich anschnallte und mich dabei mit seinem holzigen Duft überwältigte. *Ich kann mich selbst anschnallen,* wollte ich am liebsten sagen, aber die Worte blieben mir im Halse stecken, als ein weiterer entsetzlicher Schrei an mein Ohr drang.

Wie viele von ihnen starben in diesem Moment da draußen? Abgeschossen von ihren Mitmenschen?

Ich wusste, dass sie zu diesem Zeitpunkt keine andere Wahl hatten. Die Infizierten waren jetzt in der Überzahl und es wurde von Tag zu Tag schlimmer.

Es galt die ‚Überleben-oder-sterben'-Mentalität.

Ich hasste es einfach, dass sich die Welt auf dieses Niveau herabgelassen hatte.

Viele übernatürliche Wesen hatten als Reaktion auf die Epidemie Schutzgebiete eingerichtet. Aber das waren keine sicheren Gebiete für Menschen. Nur für unsere eigene Art.

Heutzutage ist jeder nur auf sein eigenes Wohl bedacht, dachte ich.

Nach allem, was ich erlebt hatte, konnte ich es ihnen nicht verdenken. In dieser Angelegenheit hatten die Menschen unsere Hilfe nicht gerade verdient.

Aber das hielt mich nicht davon ab, zu versuchen, etwas zu verändern.

Bisher zumindest noch nicht.

Doch meine Forschung schien allmählich überflüssig zu sein.

Die Tür des Jets schloss sich schließlich, sodass nur Jonas und ich im hinteren Teil des Jets saßen und der Pilot im Cockpit.

„Nehmen wir sonst niemanden mit?", fragte ich und schaute aus dem Fenster in Richtung der Soldaten, die auf dem Flugplatz kämpften.

„Sie werden in den Frachtflugzeugen fliegen", erklärte Jonas, seine Stimme war tief, klang aber angenehm sanft. „Sie haben dem Forschungspersonal den Vorrang gegeben."

„Wo ist Kieran?"

Jonas grunzte und wand seinen eisblauen Blick von mir

ab. „In einem anderen Flugzeug", antwortete er knapp und sah wieder aus dem Fenster.

Ich seufzte. Wenn Kieran im Jet gewesen wäre, hätte er Jonas für mich ablenken können. Ich war mir nicht sicher, ob ich mir die Spritze geben konnte, solange Jonas in der Nähe war. Ich hätte sie in meine Handtasche packen sollen, nicht in meine Notfalltasche.

Mir fiel auf, dass ich jetzt nicht einmal meine Handtasche hatte.

„Wo sind meine Sachen?", fragte ich und nahm an, dass Jonas irgendwann meine Handtasche genommen und alles weggeräumt hatte, bevor er mich anschnallte. Es gab nur zwei Sitzreihen, sodass meine Tasche nicht weit weg sein konnte.

Gibt es im hinteren Teil ein Badezimmer? Oder ein Schlafzimmer? Denn dies war eindeutig ein Flugzeug, das zu einem Luxusjet umgebaut worden war, der wahrscheinlich einst einem menschlichen Prominenten oder einem hochrangigen Milliardär- gehört hatte. *Vielleicht kann ich mir meine Sachen schnappen und mich dorthin zurückziehen?*

„Gepäckschrank", murmelte Jonas und deutete mit dem Kinn auf das verschlossene Regal direkt hinter uns.

„Und wo fliegen wir hin?", fragte ich, als sich der Jet auf das Rollfeld zubewegte. Dieses ganze Gebiet war einst eine der versteckten Basen der Regierung der Vereinigten Staaten gewesen − ein unterirdischer Bunker, der speziell für streng geheime Forschungszwecke gebaut worden war.

Es gab nicht mehr so viele Orte wie diesen, die wir aufsuchen konnten … daher meine Frage. Ich wollte außerdem wissen, ob ich noch Zeit hatte, mir meine Tasche zu greifen, um im Bad zu verschwinden.

„Osten." Jonas ging nicht weiter darauf ein, da seine Aufmerksamkeit auf den Piloten gerichtet war.

Meine Nase zuckte, als ich merkte, was er roch. *Furcht. Schmerz. Schrecken.*

In meinem Labor war der Gestank üblich, aber das machte ihn für mich nicht ungewohnter.

Jonas blieb ruhig, während das Flugzeug aufstieg, und als sich der Geruch nicht veränderte, verengte er seine Augen.

Ich runzelte die Stirn. „Was ist los?", fragte ich leise. Ich wusste, dass uns der Pilot hier hinten nicht hören konnte, weil die Motoren so laut dröhnten.

Jonas antwortete nicht, löste seinen Sicherheitsgurt und lehnte sich ein wenig nach vorne, wobei seine Nasenflügel sich aufblähten.

Ich schaute zwischen ihm und dem Piloten hin und her.

Dann nahm ich einen neuen Geruch wahr, der mich an totes Fleisch erinnerte.

Mein Mund wurde trocken. *Oh nein …*

Ich kannte diesen Duft nur zu gut.

Es ist ein Infizierter im Jet.

Jonas stand auf, rollte seine Schultern und lockerte seine Haltung.

Dann zog er die Pistole und zielte direkt auf den Kopf des Piloten.

KAPITEL 2
RILEY

Irgendwo in der Luft

„Jonas", zischte ich. „Wenn du ihn verfehlst …"

Jonas fluchte, als der Pilot zu krampfen begann.

„Du wirst einen Druckabfall des Jets verursachen!", rief ich, als er mit erhobener Waffe nach vorne ging.

Aber er hörte mir nicht zu. Er konzentrierte sich auf den bereits knurrenden Menschen.

Ich konnte nicht einmal sehen, wo er gebissen worden war. Aber jetzt, da ich aufmerksam darauf achtete, konnte ich die Infektion riechen.

Verdammt!

Kein Wunder, dass er Angst ausgestrahlt hatte. Er war gebissen worden und wusste, was ihm bevorstand.

Diese verdammten Sterblichen. Sie trafen weiterhin schlechte Entscheidungen … das war es, was das Virus überhaupt erst verbreitet hatte!

Der Cheyenne Mountain Complex, ein Areal, das früher als einer der sichersten Orte der Welt gegolten hatte, war von einem Senator gestürmt worden. Er war gebissen worden, hatte es niemandem gesagt und sich *im Inneren* des Mountain Complex in einen Zombie verwandelt.

Zu diesem Zeitpunkt war es bereits zu spät, um noch etwas zu unternehmen.

Er hatte eine Handvoll Menschen gebissen.

Und von da an ging es Schlag auf Schlag.

Aber zu allem Übel hatte die Hälfte der Infizierten aus ehemaligen Soldaten bestanden. Das bedeutete, dass es sich nicht nur um hirnlose Kreaturen handelte, die versuchten, sich aus dem Complex herauszufressen. Es waren *bewaffnete* Kreaturen, die instinktiv wussten, wie man eine Waffe abfeuerte.

Gleichzeitig wollten sie aber auch alles fressen, was ihnen in die Quere kam.

Nicht alle menschlichen Fähigkeiten starben mit dem Virus, aber definitiv der Teil, der zwischen richtig und falsch unterscheiden konnte.

Und das Virus selbst verwandelte die Wirte in Kannibalen – daher der Begriff *Zombie* – und nahm ihnen das Gefühl für Gefahr und Moral.

Es hatte auch Auswirkungen auf neurologische Bereiche, wie zum Beispiel auf das Sprachverhalten, was jetzt durch den Versuch des Piloten, sich gegen Jonas zu wehren, bewiesen wurde.

Aus seinem Mund kam eine Reihe gebrochener Worte, die seltsamerweise wie eine Entschuldigung klangen.

„Nur ein Kratzer", schien er zu sagen.

Das ist alles, was nötig ist, dachte ich traurig. Dafür verantwortlich war die Mutation – sie verbreitete sich jetzt so leicht, dass einige Forscher befürchteten, sie könnte über die Luft übertragen werden, wenn es nicht schon zu spät war.

Es gab auch einige meiner Artgenossen, die

befürchteten, dass sich das Virus so weit entwickeln könnte, dass es sich auch auf übernatürliche Wesen auswirkte. Diese Befürchtung verstärkte sich noch, nachdem die Ashwolves von dem Virus infiziert worden waren.

Glücklicherweise hatte sich die Krankheit noch nicht auf andere übertragen.

Aber so schnell, wie sich alles zu verändern schien, … wer wusste schon, wo wir in einem Jahrhundert sein würden, oder in einem Jahrzehnt oder gar im nächsten Jahr.

Der Pilot rief etwas Unverständliches und stand auf, wobei er mit seinem Arm mehrere Bedienelemente umstieß und damit den Jet unsanft zur Seite warf.

Ich schrie auf und grub meine Nägel in die Armlehnen, als Jonas gegen die Seite des Jets krachte. *Verdammt!*

Er brüllte so laut, dass meine Knie erzitterten … meine Wölfin beugte sich sofort seinem Befehl. *Oh, bei Luna, Göttin des Mondes, steh mir bei.*

Sein holziger Geruch schwängerte die Luft im Jet … der Alpha ließ seine dominante Seite auf eine Art und Weise heraushängen, die ich noch nie zuvor miterlebt hatte. Ich hatte nicht realisiert, wie zurückhaltend er normalerweise war … bis jetzt, als er sich von der Seite des Jets abstieß und auf den Piloten zustürmte.

Seine Schritte waren selbstsicher, seine Bewegungen fließend und durch seine jahrzehntelange Erfahrung geschärft, vielleicht sogar noch länger. Ich hatte keine Ahnung, wie alt Jonas war, ich wusste nur, dass er älter war als ich.

Und weitaus stärker.

Seine Muskeln beulten seine Lederjacke aus, als er den Piloten zu Fall brachte, wobei er mit seinen großen

Händen den Kopf des Menschen umfasste und ihn heftig verdrehte.

Das Knacken drang sogar über die Vibrationen des Motors an meine Ohren, und das Geräusch des brechenden Genicks jagte mir einen Schauer über den Rücken.

So einfach.

So plötzlich.

Und der Jet war so geneigt, dass dieser Flug uns umbringen würde, wenn wir nicht schnell etwas unternahmen.

Ich wollte mich losschnallen, aber Jonas hielt mich mit einem tödlichen Blick davon ab. „*Bleib.*" Das Wort legte sich wie eine Schlinge um meinen Hals und forderte meine Unterwerfung.

Ich hielt meine Hände hoch, um zu zeigen, dass ich gehorchen würde.

Er machte sich auf den Weg zum Cockpit.

„Weißt du überhaupt, wie man ein Flugzeug fliegt?", fragte ich leise, nicht sicher, ob ich auf diese Frage wirklich eine Antwort wollte.

Er verstand offensichtlich, denn er warf mir über die Schulter einen eisigen Blick zu, bevor er sich auf den Pilotensitz setzte und an den Bedienelementen herumfummelte.

Ich legte eine Hand auf meinen Bauch, als er etwas tat, um die Flugbahn des Jets zu stabilisieren. *Urgh.* Der Raum drehte sich. Oder das Flugzeug. Oder nur mein Verstand. Ich war mir wirklich nicht sicher.

Schwindel, erkannte der ärztliche Teil von mir. *Wirklich schlimmer Schwindel.*

Ich versuchte, mich so weit zu konzentrieren, dass ich wieder sehen konnte, aber meine Sicht war von schwarzen Punkten durchzogen.

Ich hoffe wirklich, dass Jonas etwas sehen kann, dachte ich. *Ich hoffe wirklich, dass er weiß, was er tut …*

Mein Inneres tobte, als wir weiter durch den Himmel flogen – oder fielen? –, und ich nur vage eine Stimme hörte, die sagte: „Das musst du mir Schritt für Schritt erklären."

„Kein Scheiß."

„Wo soll ich hin?"

„Flieg nach …" Es folgte ein unscharfes Geräusch, dessen Echo mich zusammenzucken ließ.

„Das habe ich nicht verstanden, Kieran." Jonas' Stimme war klarer, aber ich konnte ihn nicht sehen, meine Sicht war immer noch unscharf. „Kieran? *Scheiße!*"

Die Lage des Jets änderte sich erneut und mir wurde umso mulmiger.

„Wir müssen landen", hörte ich Jonas' Worte klar und deutlich. Aber ich wusste nicht, ob sie für mich oder für Kieran bestimmt waren.

Redet er mit ihm über Funk? Nennt man das in einem Jet überhaupt so? Ich war mir nicht sicher.

„Was auch immer du tust, steh nicht auf", fügte Jonas hinzu.

Das musste an mich gerichtet sein. Anstatt seine Worte anzuerkennen, versuchte ich nur, noch ein wenig tiefer in meinen Sitz zu sinken und mich nicht zu übergeben.

Ich hatte nichts im Magen, was ich hätte verlieren können, da ich das Frühstück verpasst hatte, dank meiner inneren Unterdrückungsmittel-Debatte.

Dafür war ich jetzt ein wenig dankbar, als die Nase des Jets wieder abtauchte. Normalerweise litt ich nicht an Reisekrankheit, aber das hier fühlte sich nicht normal an.

Jonas fluchte.

Kierans Stimme kam wieder über den Funk, war aber kratzig.

Ich konnte nicht verstehen, was er sagte, aber Jonas übermittelte etwas, das nach Koordinaten klang.

Dann rief er mir zu, ich solle mich gut festhalten.

Woran?, wollte ich zurückrufen, aber schlang meine Arme um mich, während mich der Sicherheitsgurt festhielt. *So möchte ich wirklich nicht sterben.*

Wölfe oder nicht, ich bezweifelte, dass wir einen Flugzeugabsturz überleben würden.

Wir heilten schnell, aber nicht *so* schnell.

Der Jet rüttelte heftig, und die Veränderung des Luftdrucks irritierte meine Ohren. *Scheiße. Scheiße. Scheiße.*

Ein Knurren, das von Jonas stammte, hallte durch den Jet. Ich zitterte und meine Wölfin wimmerte.

Das ist schlecht.

Sehr, sehr schlecht.

Warum haben wir den Piloten nicht überprüft?

Wie wurde er infiziert?

Scheiße!

Ich zuckte zusammen, als ich die schwankenden Tragflächen beobachtete und das Quietschen der Räder unter dem Jet hörte.

Meine Augen waren weit aufgerissen, aber durch den Schwindel sah ich immer noch dunkle Flecken. Ich konnte jedoch genug erkennen, um zu wissen, dass er gerade das Fahrwerk ausgefahren hatte.

Wir sinken zu schnell.

Viel zu schnell.

Wir werden abstürzen!

Ich hörte ein weiteres Knurren, gefolgt von einem scharfen Grollen, das mir die Luft aus den Lungen raubte. *Ein Schnurren.*

Nein. Nein, das kann nicht richtig sein.

Warum sollte Jonas schnurren?

Aber genau das war es, was ich hörte. Ein leises, beruhigendes *Schnurren*.

Ich griff wieder nach den Armlehnen des Sitzes. Sein Schnurren dröhnte weiter durch den Jet, die Lautsprecher schienen es nur noch zu verstärken.

Warum tut er das?

Versucht er ... versucht er mich zu beruhigen?

Verliere ich meinen Verstand?

Ich hob die Hand zu meinem Kopf, doch eine ruckartige Bewegung des Flugzeugs ließ mich den Sitz erneut umklammern. „Jonas ..."

„Atme einfach, Riley", antwortete er, und die Lautstärke seiner Stimme bestätigte, dass er den Lautsprecher irgendwie eingeschaltet hatte.

Sein Schnurren hielt an und hüllte mich in eine warme Decke der Geborgenheit. Ich hatte schon seit Jahren keinen Alpha mehr schnurren hören ... vielleicht seit einem Jahrzehnt oder mehr. Und dieses Schnurren war nicht für mich bestimmt gewesen, sondern für eine andere Gestaltwandlerin.

Doch dieses hier ...

Dieser Alpha schnurrt für mich.

Meine Wölfin beruhigte sich augenblicklich, meine Welt fühlte sich wieder richtig an.

Nur das unsanfte Rütteln des Jets riss mich aus meinem friedlichen Zustand, und meine Zähne klapperten, als das quietschende Geräusch von Bremsen den Innenraum erfüllte.

Wir sind auf dem Boden, wurde mir klar. *Er ... er hat den Jet gelandet. Er hat tatsächlich den Jet gelandet!*

Sein Schnurren ging in ein Knurren über, als er mit den Bedienknöpfen kämpfte, um zum Stillstand zu kommen. Ich hörte ein lautes knirschendes Geräusch, wie ich es noch nie gehört hatte.

Und dann hielten wir an – alles wurde in tiefe Stille getaucht.

Aus meinen Lungen entwich alle Luft, während mein Verstand damit kämpfte, alles, was gerade passiert war, zu verarbeiten.

Jonas war immer noch im Pilotensitz angeschnallt – ich hatte keine Ahnung, wann er sich angeschnallt hatte, aber er war in Sicherheit und blickte weiter nach vorne.

Der Pilot war tot.

Und wir – ich schaute aus den Fenstern – schienen auf einem alten Flughafen gelandet zu sein. Oder zumindest auf einer sehr langen Landebahn mit Warnleuchten, die mich an jene Leitsysteme erinnerten, die früher nachts flackerten, um die Landebahn zu kennzeichnen. Nur war es früher Morgen, die Sonne ging gerade auf und beleuchtete alles auf ihrem Weg gen Himmel.

Ich konnte ein langes Gebäude erkennen, das mit seinen Toren und Rampen an einen Hangar erinnerte.

Dahinter schienen Bäume zu stehen, und … ich konnte die Infizierten riechen. Ihr verrottendes Fleisch hinterließ einen Gestank in der Luft, den meine Wölfin sofort wahrnahm. Mein Mund wurde trocken.

Wo sind wir?

Es war nicht Atlanta. Wir waren höchstens zwanzig Minuten in der Luft gewesen.

Waren wir in Asheville?

Charlotte?

Irgendwo in South Carolina?

Jonas kam aus dem Cockpit, sein eisiger Blick traf sofort meinen, als er mich begutachtete. Irgendwann hatte er seine Lederjacke ausgezogen und trug jetzt nur noch ein weißes Hemd und Jeans. In Anbetracht der Tatsache, dass es draußen wahrscheinlich vierzig Grad war, schien das angemessener zu sein.

Aber er schwitzte nicht.

Er strotzte nur so vor Adrenalin, sein Alphawolf pulsierte dicht unter seiner Haut. Er sprach nicht, begutachtete nur meinen Hals, meine Brust, meine Taille und dann mein Gesicht und nickte. „Wir müssen uns beeilen", sagte er und zog sein Oberteil aus.

Meine Augenbrauen hoben sich. „Was machst du da?"

„Mich verwandeln", antwortete er, von seinem Schnurren war nichts mehr zu hören.

Ich muss es mir eingebildet haben, dachte ich.

Jonas' Hand fiel zu seinem Gürtel, seine Muskeln spannten sich. „Du musst dich auch verwandeln, Riley."

Ich blinzelte ihn an. „Was?"

„Wir müssen *fliehen*", erklärte er. „Als Wölfe. Direkt in die Wälder. Wir werden es nur so zur Basis schaffen."

Meine Lippen bebten. „*Was?*"

Ich war keine Idiotin. Ich hatte ihn sehr gut verstanden.

Aber verwandeln? Jetzt? Während ich kurz davorstand, läufig zu werden? Das bedeutete nicht nur, dass ich meine Unterdrückungsmittel hierlassen musste − ich konnte meine Tasche nicht tragen, während ich in Wolfsgestalt war −, sondern auch, dass die Restdosis, die ich noch in meinem Körper hatte, von meinem beschleunigten Stoffwechsel verarbeitet würde. „Nein. Ich kann mich nicht verwandeln."

Er hielt inne und öffnete den obersten Knopf seiner Hose. „Wie bitte?"

„Es muss einen anderen Weg geben. Was ist mit unseren Taschen? Ich kann nicht … wir können nicht … es muss einen anderen Weg geben."

Jonas starrte mich einen Moment lang an. „Steh auf", befahl er.

„Jonas", flehte ich.

„*Jetzt.*" Die Dominanz, die dieses einzige Wort unterstrich, ließ mich sofort handeln, bevor es mein Verstand verarbeiten konnte.

„Spiel nicht den knurrigen Alpha", schnauzte ich, während ich mich abschnallte und aufstand. „Ich bin *nicht* deine Untergebene."

Er grunzte und fing mich auf, als ich ins Schwanken geriet. Ich war weder auf meine einknickenden Knie vorbereitet, noch hatte ich meine Bewegungen wirklich unter Kontrolle.

Meine Wölfin tat, was der Alpha im Raum verlangte, ohne darüber nachzudenken.

Verräterin, dachte ich.

Sie antwortete darauf, indem sie sich zu Jonas hinüberbeugte und seinen holzigen Geruch mit geblähten Nasenlöchern einatmete.

Hör auf damit, ermahnte ich sie streng. *Er gehört uns nicht.*

Zum Glück schien Jonas das nicht zu bemerken. Er war zu sehr damit beschäftigt, mich mit einer Hand an meinem Arm dazu zu bewegen, den Gang hinunterzulaufen und in den vorderen Teil des Flugzeugs zu gehen. Meine Beine waren wie Wackelpudding, denn die unerwartete Landung hatte meinen Gliedmaßen übel mitgespielt.

Das könnte aber auch an meiner bevorstehenden Hitze liegen, kam mir in den Sinn.

Oder vielleicht eine Kombination aus all dem.

Heute ist kein guter Tag, grummelte ich im Stillen. Es war ein Gedanke, der sich bewahrheitete, als Jonas auf die Fenster im vorderen Teil des Flugzeugs zeigte.

„Würdest du dich jetzt bitte verwandeln, Prinzessin?", fragte er sanft, mit einem Hauch von Spott in der Stimme.

Meine Lippen bebten, als ich hinausblickte.

Scheiße.

Eine Armee von Infizierten kam auf uns zu. Mindestens einhundert von ihnen. Vielleicht sogar mehr. „Wir ... wir müssen ..."

„Rennen", ergänzte Jonas für mich. „Und wir sind am schnellsten als Wölfe."

Ich wollte vorschlagen, dass wir fliegen oder ein Auto nehmen oder etwas, das noch schneller ist, als auf allen Vieren zu rennen, aber wir waren aus einem bestimmten Grund hier gelandet.

Und wir konnten natürlich nicht in diesem Jet bleiben.

Es sei denn ... „Weiß Kieran, wo wir sind?"

Jonas ließ mich los. „Selbst wenn, er wird nicht kommen. Wir sind auf uns allein gestellt, bis wir die Basis erreichen."

„Warum kann er nicht zurückfliegen und uns abholen?", fragte ich und war mir meines empörten Untertons sehr bewusst. Ich wollte mich Jonas gegenüber wirklich nicht wie eine Göre aufführen, aber es geschah einfach als Reaktion auf seine Nähe. Seine Nähe. Seine ... Alpha-Präsenz in meinem Rücken.

„Weil es zu gefährlich ist." Jonas drehte mich zu sich um, hielt mein Kinn fest zwischen zwei Fingern und erzwang Blickkontakt. „Sei nicht so schwierig, Doc. Es ist meine Aufgabe, dich zu beschützen. Und damit bist du in der jetzigen Situation für eine gewisse Zeit meine Untergebene. Und jetzt reiß dich zusammen und *verwandle dich*, oder ich bringe dich dazu. Verstehst du mich?"

Ich starrte ihn an, hin- und hergerissen zwischen Wut und Schock. Am Ende siegte der Schock, denn so viel hatte er noch nie zu mir gesagt.

Jonas war ein Mann weniger Worte.

Und er hatte gerade buchstäblich eine Rede gehalten.

Eine, die in einer Drohung endete ... dass er meine Verwandlung erzwingen würde, was mich eigentlich hätte wütender machen sollen, als ich bereits war, aber er hatte recht.

Ich war ungerecht ihm gegenüber und ohne Grund schwierig.

Jedenfalls gab es keinen Grund, den er verstehen würde. Einen Grund, den ich nicht genau erklären konnte, ohne meine Omega-Identität preiszugeben.

Das würde zu einem ganz anderen Gespräch führen.

Ich knabberte an meiner Lippe. Das Unterdrückungsmittel zügelte nicht nur meine Omega-Instinkte und meine Hitze, es beruhigte auch meine Wölfin. Das bedeutete, dass ich vielleicht nicht in der Lage sein würde, mich zu verwandeln, wenn ich es mir jetzt injizierte.

Ich konnte das Serum auch nicht einfach in meinem Mund mitnehmen, das wäre in vielerlei Hinsicht gefährlich. Ich würde wahrscheinlich meine Zähne brauchen, um draußen die Horde mit Infizierten zu durchbrechen.

Scheiße.

Jonas hatte recht. Ich musste mich verwandeln – etwas, das ich jetzt nicht so einfach tun könnte, wenn ich heute Morgen mein Unterdrückungsmittel injiziert hätte. Vielleicht waren meine morgendlichen Zweifel vom Schicksal bestimmt gewesen.

Es brachte mich aber auch in eine komplizierte Situation.

Eine, die Jonas wahrscheinlich meine wahre Identität verraten würde.

„Riley." Das Knurren in seiner Stimme sagte mir, dass er nicht noch einmal fragen würde. Wenn ich nicht gehorchte, würde er die Kontrolle übernehmen.

Und ich könnte nur mir selbst die Schuld für das geben, was dann passieren würde.

Ich bin so am Arsch, dachte ich, als ich begann, meine Bluse aufzuknöpfen.

Jonas hatte sich bereits seiner Hose und seiner Schuhe entledigt, seine Leistengegend wurde noch von seiner schwarzen Boxershorts bedeckt.

Ich versuchte, nicht hinzusehen.

Und scheiterte kläglich.

Er war ein wirklich beeindruckendes Exemplar von Mann.

Ja, wirklich, wirklich, wirklich beeindruckend, gestand ich mir ein.

Meine Wölfin hechelte schon, und ich war noch nicht einmal läufig.

Ich hatte keine große Wahl. Ich hätte die Wahrheit sagen und meinen Omega-Status zugeben können, aber das würde uns jetzt nicht retten. Wenn überhaupt, würde es die Dinge nur noch schlimmer machen.

Also gut. Verwandeln. Rennen, was das Zeug hält. Schutz suchen. Verstecken.

Und beten, dass meine Hitze nicht einsetzt, bevor wir unser Ziel erreicht haben.

Wo auch immer das sein mag.

Ich fluchte leise vor mich hin und zog mich aus, während mich Jonas mit einem Gesichtsausdruck, den ich nicht deuten konnte, beobachtete. Es lag mir auf der Zunge, ihn wieder anzuschnauzen, aber ich schluckte den Drang herunter.

Er hatte recht, ich musste ihn seine Arbeit machen lassen.

Seufzend rief ich meine innere Wölfin herbei und gab ihr die Freiheit, die Führung zu übernehmen. Sie stimmte eifrig zu, und meine Glieder knickten instinktiv ein, als die Verwandlung meine menschliche Form überwältigte.

Jonas rührte sich nicht, sein eisiger Blick war die ganze Zeit auf mich gerichtet.

Ich konnte diesen Blick nicht durchschauen.

Meine Wölfin ignorierte ihn und räkelte sich stattdessen. Sie bebte in dem Wissen, die Kontrolle zu haben, nachdem ich monatelang das Bedürfnis, mich zu verwandeln, unterdrückt hatte.

Jonas ging in die Hocke, sein Blick traf den meinen. „Wirst du rennen können?"

Ich schnaubte ihn an. *Natürlich kann ich rennen.*

„Es ist offensichtlich, dass du dich seit einer Weile nicht mehr verwandelt hast", fügte er hinzu und hob seine Hand, als wolle er mich berühren. Aber er ließ sie wieder fallen, bevor er meinen Kopf erreichte.

Wenn ich die Stirn runzeln könnte, würde ich es tun. *Wie offensichtlich? Stimmt etwas mit meinem Fell nicht?* Ich schaute an meinen Beinen hinunter und sah mein glattes, rötlich-braunes Fell. Ich tänzelte herum, um mein Gleichgewicht zu testen, und fühlte mich auf meinen Pfoten stabil und wohl.

Wahrscheinlich war ich etwas zu dünn.

Aber das gehörte dazu, wenn man eine Omega ist.

Jonas musterte mich noch eine Minute lang und stand dann auf. „Wenn du willst, dass ich langsamer laufe, heule."

Ich schnaubte erneut. *Ich kann mithalten, Alpha. Vertrau mir.*

Ja, meine letzte Verwandlung war schon eine ganze Weile her und ich war vielleicht klein, aber ich war schnell.

Er zuckte mit den Schultern und zog seine Boxershorts aus, sodass ich einen guten Blick auf, nun ja, *alles* werfen konnte. Meine Wölfin schnurrte praktisch zur Antwort, nicht dass ich dieses Geräusch machen könnte – das konnten nur Alphas. Wie auch immer, sie bewunderte ihn ganz offen.

Die aggressive Energie, die von diesem Mann ausging, war auch nicht gerade förderlich.

Er war ein dominanter Mann.

„Folge mir", sagte er und ging zur Tür, um sie zu entriegeln. Dann sprang er aus dem Jet zu Boden – ohne Rampe oder Treppe.

Ich starrte ihn an und fragte mich, wie er erwarten konnte, dass ich ihm *folgen* würde.

„Es sind nur etwa dreieinhalb Meter", sagte er. „Spring, Riley."

Meine Wölfin wollte sich diesem Befehl widersetzten, aber das Kreischen der Infizierten ließ mich instinktiv gehorchen.

„Braves Mädchen", sagte Jonas, als meine Pfoten auf dem Beton aufschlugen. „Jetzt wollen wir mal sehen, wie schnell du rennen kannst."

KAPITEL 3
JONAS

Irgendwo in North Carolina

RILEY BEBTE vor Angst und ihre Nase zuckte, als sie den Geruch von verwesendem Fleisch in der Luft wahrnahm.

Jedenfalls nahm ich an, dass dies der Grund dafür war.

Ich konnte kaum etwas anderes riechen, als den beißenden Gestank von verwesendem Zombie-Fleisch.

Was für ein verdammtes Chaos.

Das CDC-Gelände war überrannt worden, weil ein Mensch die Mauern nicht ordnungsgemäß patrouilliert hatte.

Ein einziger infizierter Sterblicher hatte genügt, um den Virus zu verbreiten.

Und er hatte sich verbreitet.

Das bewies auch der inzwischen tote Pilot.

Ich hatte einen Hauch von etwas Falschem in seinem Geruch wahrgenommen. Aber ich hatte ein paar Sekunden zu spät reagiert, und wir waren bereits in der Luft gewesen, als ich die Ursache dafür erkannt hatte.

Scheiße.

Ich fuhr mir mit der Hand über das Gesicht und konzentrierte mich wieder auf unsere Umgebung. Als ich aus dem Jet herausgesprungen war, konnte ich mehr sehen, als vom Cockpit aus.

Das war auch gut so, denn meine Nase war bei all dem Gestank nutzlos.

Wir waren etwas außerhalb von Asheville gelandet und waren also in der Nähe der Berge, aber auch in der Nähe eines ehemaligen Touristen-Hotspots.

Das bedeutete, dass es eine Menge infizierter Menschen geben würde.

Aber es gab auch eine Vielzahl von Bäumen, die Schutz bieten würden.

Wir mussten nur die Barriere der Zombie-artigen Sterblichen durchqueren und nach Osten in Richtung Fort Bragg laufen.

Der Stützpunkt verfügte nur über eine kleine Besatzung, die hauptsächlich zum Schutz der Familien der Soldaten und der wenigen Zivilisten, die es bis zum Schutzwall geschafft hatten, eingesetzt wurde.

Ich hatte Kieran gesagt, dass wir uns dorthin begeben würden, um zu warten, bis uns jemand abholte.

Er hatte zugestimmt, denn Asheville war im Moment nicht leicht zu erreichen. Und da unser Jet einer der letzten war, der das CDC-Gelände verlassen hatte, konnte keiner problemlos umdrehen.

Wir waren also vorerst auf uns allein gestellt, und hatten ein circa vierhundert Kilometer langes Abenteuer vor uns.

Wenn wir ein Auto fänden, wäre das am besten, sonst würden wir die Reise auf vier Pfoten antreten.

Wir konnten es in fünf oder sechs Tagen schaffen, wenn wir zügig vorankamen. Allerdings mussten wir ein paar sichere Unterschlüpfe zum Ausruhen finden. Und das war der schwierige Teil dieser Reise ... nun, und wir mussten die Auseinandersetzung mit den Infizierten überleben, die auf uns zukamen.

Hmm.

Es wäre einfacher gewesen, die Waffen, die im Jet waren, zu benutzen und den Haufen Infizierter einfach abzuschießen.

Aber Riley hatte eine Schwäche für die Infizierten. Ich nahm an, dass dieser Instinkt mit der Leitung der Forschungsteams bei der Suche nach einem Heilmittel für die Krankheit einherging. Man musste schon sehr mitfühlend sein, um sich dieser Aufgabe so zu widmen, wie sie es tat.

Diese Hingabe war eine ihrer verlockendsten Eigenschaften.

Ich respektierte ihr Bedürfnis, das Problem lösen zu wollen.

Und irgendetwas sagte mir, dass sie nie damit aufhören würde, nach einem Heilmittel zu suchen, selbst wenn es sich als unmöglich erweisen sollte. Riley war jemand, der nicht so schnell aufgab ... eine weitere Eigenschaft, die ich an ihr bewunderte.

Ihr Engagement für diese Sache bedeutete jedoch, dass ich unsere Flucht strategisch angehen musste.

Denn die Infizierten unnötig zu verletzen, würde sie verletzten. Das hatte sie vorhin, außerhalb ihres Labors, deutlich gezeigt. Sie war wie versteinert gewesen und ich musste sie praktisch zum Jet schleppen.

Das könnte ich jetzt nicht tun – sie war zwar klein, aber nicht klein genug, um sie in meinem Wolfsmaul wie einen Welpen herumtragen zu können.

Aber das bedeutete auch, dass ich die Infizierten nicht mit meinen Zähnen und Klauen abschlachten konnte.

Nicht gerade ideal, aber ich wollte, dass Riley

kooperiert und nicht inmitten eines verseuchten Nestes von Zombies wie angewurzelt stehenblieb.

„In Ordnung", sagte ich. „Wir werden da drüben durch die Masse brechen." Ich gestikulierte in Richtung des geringsten Aufkommens an Infizierten. „Dann rennen wir so schnell wir können um die Masse herum."

Ich schaute ihr in die Augen, um sicherzugehen, dass sie den Befehl verstanden hatte. Es würde kein Abweichen von diesem Plan geben.

Ihre hellblauen Augen hatten sich in ihrer Wolfsgestalt zu einem mitternächtlichen Farbton verdunkelt – etwas, das ich noch nie gesehen hatte, da sie meine Angebote, mit ihr zu laufen, immer ignoriert hatte.

Die dunklen Augen schienen im Kontrast zu ihrem rötlich-braunen Fell zu leuchten, dessen Farbton an ihr kastanienbraunes Haar erinnerte.

Sie war für eine Beta sehr klein.

Fast zerbrechlich.

Ich war ein wenig besorgt, ob sie mithalten könnte, aber sie schien es mir übelzunehmen, dass ich vor ein paar Minuten ihre Verwandlung fast selbst eingeleitet hatte.

Das war nur natürlich, nachdem ich sie gerade miterlebt hatte. Die Verwandlung schritt nur langsam voran und ließ vermuten, dass sie noch nicht sehr erfahren darin war. Das konnte aber nicht stimmen, denn sie war mindestens dreißig Jahre alt.

Aber irgendetwas war definitiv nicht in Ordnung. Ich wusste nur nicht, was es war, und ich hoffte wirklich, dass es uns jetzt nicht aufhalten würde.

„Ich werde versuchen, so behutsam wie möglich mit ihnen umzugehen …", fuhr ich fort und schilderte ihr den ganzen Plan, in der Hoffnung, dass sie dann eher bereit sein würde, sich zu fügen. „Aber wir sind stark in der

Unterzahl, Riley. Und es ist meine Aufgabe, dich zu beschützen. Bitte vergiss das nicht, okay?"

Sie schnaubte.

Ich war mir nicht sicher, ob das ein spöttisches oder ein zustimmendes Geräusch war, aber ich nahm an, dass es letzteres war.

Wenn sie überleben wollte, dann musste sie mir vertrauen.

Ich konnte mich dieser feurigen kleinen Rothaarigen nicht unterwerfen.

Ich war nicht ohne Grund beauftragt worden, sie zu schützen, und ich nahm meine Aufgabe sehr ernst. Das sollte *sie* auch.

Etwas Respekt wäre angebracht, dachte ich, machte mir aber nicht die Mühe, es laut auszusprechen. Sie hatte mir von Anfang an klargemacht, dass sie meine Anwesenheit nicht guthieß.

Ich hatte keine Ahnung, warum.

Und ich hatte nicht vor, meine Zeit damit zu verschwenden, mich mit der Analyse von etwas zu quälen, das nur sie erklären konnte.

Ich rollte meine Schultern, lockerte meine Glieder und gab meiner inneren Bestie die Erlaubnis, die Kontrolle zu übernehmen. Mein Wolf stimmte eifrig zu und ließ mich mit einer anmutigen Bewegung, die durch fast ein Jahrhundert des regelmäßigen Trainings geschliffen wurde, auf alle Viere gehen.

Viel schneller als bei Riley.

Und ich war auch viel größer.

Das wurde mir noch deutlicher bewusst, als ich mich neben ihr ausstreckte, um mich auf unsere Flucht vorzubereiten.

Rileys Wölfin begutachtete mich, ihre dunklen Augen wanderten über jeden Zentimeter meines hellen Fells.

Mein Wolf putzte sich unter ihrem Blick, das Tier hungerte nach ihrer Bewunderung, nachdem es so viele Monate damit verbracht hatte, sich nach ihr zu sehnen, wie ein Teenager-Wolf.

Das ist lächerlich.

Ich war mir nicht sicher, was es mit dieser Frau auf sich hatte, aber sie tauchte ständig in meinen Träumen auf.

Und auch in meinen dunkleren Fantasien.

Das ist nicht der richtige Zeitpunkt, sagte ich meinem Wolf. *Konzentriere dich aufs Laufen. Wir können später spielen.*

Ich lief im Trab vorwärts, meine Ohren nach jedem Geräusch gespitzt, das Riley machte und darauf, wie sanft ihre Pfoten über den Beton fielen, während sie sich bewegte. *Geschmeidig und zart.*

Doch dieses Weibchen fletschte nur ihre Zähne, zumindest, wenn sie in meiner Nähe war.

Vielleicht war diese Reise gut für uns – eine Möglichkeit für sie, zu erkennen, dass ich nicht ihr Feind war, und eine Möglichkeit für mich, die Ursache für ihr Verhalten herauszufinden. *Ein Weg für mich, meinen Wert zu beweisen.*

Ich war mir nicht sicher, wofür ich das tun sollte, aber ich wollte, dass sie erkannte, dass ich eine Chance verdiente.

Es schien, als hätte ich den größten Teil der letzten Monate damit verbracht, ihr etwas zu beweisen, nur um bei jeder Gelegenheit abgewiesen zu werden.

Nun, jetzt konnte sie mir nicht mehr aus dem Weg gehen.

Sie brauchte mich.

Und ich hatte vor, meine Stärken auf die einzige Art und Weise zu demonstrieren, die ich kannte – als Anführer.

Die Infizierten schwankten langsam in unsere

Richtung, und ihr Mangel an Koordination bestätigte, dass sie in letzter Zeit nichts gegessen hatten. Die meisten Infizierten verfügten über eine Art natürlichen Instinkt, was einige gefährlicher machte als andere.

Diese Wesen waren keine ehemaligen Soldaten. Ich sah keine Gewehre oder Waffen irgendeiner Art. Nur gefletschte Zähne.

Meine Zähne waren größer. Schärfer.

Und ich hatte mich auch mental voll unter Kontrolle.

Während wir liefen, blieb Riley dicht an meiner Seite und beruhigte damit meinen Wolf, während ich erneut die Umgebung nach weiteren Infizierten absuchte.

Ich wurde langsamer, als ich feststellte, dass es in diesem Abschnitt mehr Infizierte gab, als ich bemerkt hatte.

Scheiße.

Es waren *viel* mehr.

Sie mussten durch den Hügel verdeckt worden sein.

Es überraschte mich nicht, dass es hier so viele Infizierte gab. Wahrscheinlich hatten sie ein paar Menschen hinterhergejagt, da es ein offensichtlicher Anlaufpunkt zu sein schien.

Aber nur, wenn ein Flugzeug zur Verfügung stand – unseres schien das einzige funktionstüchtige zu sein – und ein Pilot, der fliegen konnte.

Ich hatte nur Grundlagenkenntnisse im Umgang mit einem Cockpit. Mein Wissen hatte also auch seine Grenzen. Und zu diesen Grenzen gehörte es, den Jet an seinen Bestimmungsort zu fliegen.

Der einzige Grund dafür, dass ich das verdammte Ding überhaupt landen konnte, war, dass der Pilot eine Art Pfad festgelegt hatte, kurz bevor er durchgedreht war.

Dann war der Jet auf die Seite gekippt, weil er mit der Hand an die Lenkung gekommen war. Nachdem ich den

Jet wieder stabilisiert hatte, konnte ich uns wieder auf Kurs bringen.

Er hatte also offensichtlich vor, zu landen und den Jet zu verlassen.

Ein ehrbares Unterfangen, nehme ich an.

Aber er hätte den Jet gar nicht erst betreten dürfen.

Verdammte Menschen.

Deshalb hatte ich kein Mitleid mit ihnen – es war eine dumme Entscheidung, anderen nicht zu sagen, dass man gebissen wurde.

Viele von ihnen entschlossen sich, ihr eigenes Leben über das aller anderen zu stellen, selbst auf die Gefahr hin, andere zu gefährden.

Viele übernatürliche Wesen fühlten inzwischen ähnlich, da sie beschlossen hatten, ihr eigenes Überleben zu garantieren, indem sie die Menschen aussperrten. Angesichts der Geschwindigkeit, mit der sich die Krankheit ausbreitete, war es wichtig, sie auf diejenigen zu beschränken, die bereits von ihr betroffen waren.

Diese Entscheidungen wurden getroffen, nachdem man erkannt hatte, dass sich die Sterblichen bis zur Unkenntlichkeit verdammt hatten und nachdem einige der Wolf-Clans festgestellt hatten, dass sie für das Virus anfällig waren.

Richtig, dachte ich und musterte erneut die wachsende Menge. *Das wird nicht klappen.*

Ich hielt inne und bemerkte eine weitere potenzielle Schwachstelle in der Menge.

Ich machte mich auf den Weg dorthin, hielt dann aber wieder inne, als meine Nase den verstärkten Geruch der Infizierten wahrnahm.

Das Fell entlang meiner Wirbelsäule tanzte in Erwartung, mein Wolf war bereit zu kämpfen.

Ich wollte es Riley leicht machen, aber ihre Sicherheit und ihr Schutz waren mir im Moment wichtiger.

Das bedeutete, dass ich etwas weniger behutsam vorgehen musste als ursprünglich vorgesehen.

Mein Wolf war voll an Bord.

Ich hoffte nur, Riley würde es auch sein.

Mit einem leisen, warnenden Knurren ging ich in die Richtung zurück, die ich ursprünglich angegeben hatte, und steuerte direkt auf die Infizierten zu.

Ihr aufgeregtes Kreischen erinnerte mich an Nägel auf einer Kreidetafel und mein Blut gefror in meinen Adern.

Ich hasste dieses Geräusch fast so sehr wie ihren Gestank.

Mein Wolf stürmte vor, bereit zum Kampf. Aber anstatt auf die Infizierten einzuschlagen, rannte ich durch sie hindurch, trampelte sie nieder und schuf einen Weg für Riley.

Sie folgte mir.

Oder besser gesagt, sie versuchte es zumindest.

Die Infizierten waren so ausgehungert, dass sie sich sofort in den geschaffenen Weg stürzten, auf ihr landeten und versuchten, ihre Zähne in ihrem Fell zu versenken.

Sie gab ein wildes Knurren von sich und biss zurück, was mich zu Tode erschreckte.

Als einer der Infizierten ihr Bein erwischte, jaulte sie auf und versenkte ihre Reißzähne in seinem Hals.

Ihre Wölfin hat die Kontrolle übernommen, wurde mir klar. Entweder hatte Riley dem Tier freiwillig die Zügel in die Hand gegeben, oder die Wölfin hatte sie aus dem Bedürfnis heraus, zu überleben, an sich gerissen.

Trotzdem nutzte ich die Gelegenheit und schlug mit meinen Krallen zu, um sie aus der Masse zu befreien. Dann wandte ich mich einer weiteren anrückenden Horde zu und erledigte mehrere mit heftigen Hieben meiner Pranke.

Riley gesellte sich zu mir, ihre Schnauze war mit fauligem Blut bespritzt.

Ich grunzte, sagte ihr damit, sie solle mir wieder folgen, und verschwand durch ein Loch in der Zombiemenge.

Das war ein Kinderspiel, denn unsere beiden Wölfe arbeiteten Hand in Hand, um einen sicheren Weg zu schaffen.

Ich habe mich geirrt, dachte ich, als wir die letzte Masse durchbrachen. *Das war einfacher, als eine Waffe zu benutzen.*

Aber wir hatten keine Zeit für einen Siegestanz, denn es kamen bereits weitere Infizierte auf uns zugestolpert.

Ich warf einen Blick zurück in Richtung des Rollfelds, um mich mit unserer Umgebung vertraut zu machen und um mich zu orientieren.

Riley knurrte und lenkte meine Aufmerksamkeit auf sich. Sie starrte mit gefletschten Zähnen auf eine weitere Horde Infizierter.

Eindeutig ihre Wölfin, dachte ich. Vielleicht war das der Grund für all diese lebhafte Energie.

Ich biss sie sanft in die Schulter, um ihre Aufmerksamkeit zu erregen, und neigte meinen Kopf in die Richtung, in die ich laufen wollte.

Sie blinzelte mich an, als würde sie aus ihrer Benommenheit erwachen, und ließ ihren Blick noch einmal über meine Gestalt gleiten. Ein kleines Wimmern entkam ihrer Kehle und verwirrte mich.

Das war ein ausgesprochen unterwürfiges Geräusch.

Betas und Omegas beugten sich beide instinktiv vor Alphas, aber irgendetwas an diesem Geräusch weckte das Interesse meines Wolfes. Es klang fast wie ein Flehen.

Wofür? Um wegzulaufen? Um ihr bei der Flucht zu helfen? Um ihrem Menschen zu helfen, die Kontrolle wiederzuerlangen?

Ich war mir nicht sicher.

Ihre dunklen Augen leuchteten in der frühen Morgensonne und gaben mir einen Blick auf den Menschen unter dem Fell frei. Sie war da und in einer Sekunde wieder weg. Sie schien mit ihrem Tier zu kämpfen.

Vielleicht war es das, wozu sie meine Hilfe brauchte – um ihre Bestie zu bändigen.

Ist das nicht etwas, das sie bereits können sollte?, fragte ich mich. *Das lernen Welpen im Alter von fünf Jahren.*

Wie auch immer, ich hatten jetzt keine Zeit, mit meinem Wolf darüber zu diskutieren oder ihr dabei zu helfen. Wir mussten hier weg.

Ich stieß ein leises Schnurren aus, ähnlich dem, welches ich im Jet von mir gegeben hatte. Das Schnurren entkam mir instinktiv und war doch so unglaublich falsch. Alphas schnurrten für die ihnen zugedachten Gefährtinnen oder Rudelmitglieder, die es brauchten. Und Riley war mit Sicherheit nicht meine Auserkorene, noch war sie ein Rudelmitglied.

Doch mein Wolf schien anders zu denken.

Die Art und Weise, wie sich ihre Wölfin auf mich zubewegte, zeigte, dass auch sie die Aufmerksamkeit zu schätzen wusste.

Also erhöhte ich die Lautstärke des Schnurrens, um ihr Gehorsam zu sichern, und führte sie um die ankommende Horde herum, in die Baumreihe seitlich vor uns.

Wir mussten einen halben Kreis laufen, um die richtige Richtung einzuschlagen, aber im Wald gab es viel weniger Infizierte.

Ich wich den wenigen aus, die sich uns in den Weg stellten, wobei mein Schnurren nie nachließ, und führte Riley tiefer in den Wald hinein.

Ihre Wölfin folgte gebannt meinem. Sie hatte

wahrscheinlich noch nie einen Alpha schnurren gehört. Manche Alphas schnurrten, um anderen Rudelmitgliedern zu helfen, aber Riley schien die Art von Wolf zu sein, die diese Art von Beruhigung selten brauchte.

Sie schien jedoch positiv darauf zu reagieren.

Vielleicht ist das der Weg zum Herzen des kleinen Teufelsbratens.

Wenn sie dadurch besser gehorchen würde, würde ich jeden verdammten Tag für sie schnurren.

Ich würde es einfach unter *Schutzbedürfnis* verbuchen.

Wir liefen einige Kilometer in einem schnellen Tempo und ich führte uns immer tiefer in den Wald.

Sie bäumte sich nicht dagegen auf … knurrte nicht einmal und versuchte auch nicht, unser Tempo zu drosseln oder die Richtung zu wechseln.

Sie folgte mir einfach.

Du kannst also Befehle befolgen, dachte ich interessiert. *Du brauchst dafür nur ein wenig Zuneigung.*

Vielleicht hatte sie deshalb in der Vergangenheit meine Angebote zum gemeinsamen Laufen abgelehnt – sie wusste, dass sich ihr Wolf dem meinen unterwerfen würde.

Faszinierend.

Ich besaß die Fähigkeit, sie dazu zu zwingen, sich zu verwandeln. Vielleicht würde ich das nutzen, wenn sie das nächste Mal durchdrehte.

Fast hätte ich bei diesem Gedanken geschnaubt. Schnurren war eine gute Alternative … das würde ich zuerst ausprobieren. Ich würde mir auf jeden Fall den Gehorsam ihrer Wölfin für die Zukunft zunutze machen.

Wir liefen einige Stunden lang und hielten nur ab und zu an, um in der Luft zu schnuppern, ob wir etwas Verdächtiges wahrnehmen konnten und um nach oben zu schauen, um zu prüfen, wie die Sonne stand.

Ich hatte viel Zeit in der Natur verbracht, nicht nur als Wolf, sondern auch als Mensch. Ich genoss es, mich in der

Wildnis zu verlieren. Es hatte einfach etwas Befreiendes an sich. Ich war nie ein Rudeltier gewesen, sondern zog es vor, allein umherzuziehen, vielleicht, weil ich mit den Wölfen des V-Clans im Blood-Sektor aufgewachsen war. Als X-Clan-Alpha war ich immer ein Außenseiter gewesen. Meine Omega-Mutter hatte sich in einen V-Clan-Alpha verliebt, und da mein leiblicher Vater tot war, ergab es Sinn, dass wir in Island mit dem Rudel ihres Gefährten lebten.

Sie waren anders als die meisten Wölfe des X-Clans, und das nicht nur wegen ihrer magischen Fähigkeiten, sondern auch wegen der Art und Weise, wie sie die Mitglieder ihrer Clans behandelten.

Das könnte allerdings auch am Blood-Sektor liegen. So groß meine Abneigung gegen Kieran auch sein mochte, er war ein guter Anführer. Und er hatte das Rudel für sich gewonnen, trotz seiner besonderen Umstände.

Er hatte auch Riley für sich gewonnen.

Aber das war ein ganz anderes Thema, auf das mein Wolf im Moment nicht eingehen wollte. Es war mir klar, dass sich die beiden Ärzte *nahestanden*.

Ich wollte nur nicht darüber nachdenken, wie *nahe* sie sich standen oder warum sie in seiner Gegenwart immer so gefügig war oder warum sie ihn immer anlächelte und über seine Scherze lachte.

Deshalb werde ich auch nicht darüber nachdenken, beschloss ich und beschleunigte mein Tempo.

Riley gab einen Laut des Protests von sich, woraufhin ich wieder langsamer wurde und sie ansah. Es war ihr erstes Anzeichen von Widerstand, seit wir gestartet waren, und als ich sie jetzt ansah, wurde mir klar, dass es kein Widerstand war. Ihr Blick sagte, sie könne nicht weitergehen.

Scheiße.

Ich hatte mich so sehr auf unsere Umgebung konzentriert, dass ich ihren erschöpften Zustand nicht bemerkt hatte.

Wann hast du das letzte Mal etwas gegessen?, fragte ich mich, als ich ihre gebrechliche Gestalt und ihren schmerzverzerrten Blick betrachtete. *Und warum hast du nichts gesagt?*

Sturköpfiges Weibchen.

Sie schien kurz vor der Ohnmacht zu stehen.

Ihr die Schuld zu geben, war allerdings nicht ganz fair. Ich hätte ihr mehr Aufmerksamkeit schenken sollen.

Richtig. Ich schnupperte in der Luft und suchte um uns herum nach Lebenszeichen und nach Nahrung, vielleicht sogar nach Wasser.

Doch stattdessen vernahm ich einen süßen Duft im Wind.

Riley.

Seltsam. Ihr Duft hatte mich schon immer angezogen. Aber jetzt war irgendetwas daran anders.

Ich schnupperte erneut und versuchte, die charakteristische Note zu erkennen, aber Riley schüttelte sich und lenkte mich ab. Wir mussten eine Unterkunft und Nahrung finden.

Mit einem beruhigenden Schnurren drehte ich mich in Richtung des frisch geschlagenen Holzes um, dessen Geruch ich wahrgenommen hatte. Das deutete darauf hin, dass Menschen in der Nähe sein mussten. Vielleicht war ein Lagerplatz oder eine Hütte in unmittelbarer Nähe.

Es stellte sich heraus, dass letzteres der Fall war.

Allerdings gab es nicht nur eine Hütte … es waren mehrere.

Ich hielt am Waldrand inne und nahm wieder meine menschliche Gestalt an, um meine Stimmbänder nutzen zu können. Mein Körper zitterte von der plötzlichen

Veränderung und mein Hals knackte, während sich meine Glieder aufrichteten.

Riley starrte mich mit funkelnden Augen an, und ihre Wölfin schätzte mich wieder mit wachem Interesse ab.

„Ich werde mich mal umsehen. Bleib in Wolfsgestalt, falls du weglaufen musst, okay?" Ich versuchte, meine Worte mit einem kleinen Schnurren zu unterstreichen, in der Hoffnung, dass sie dadurch weiter kooperieren würde.

Sie setzte sich daraufhin auf ihr Hinterteil.

Wunderschön, dachte ich und kämpfte gegen den Drang an, sie anzulächeln. „Ich werde heulen, wenn ich auf eine Gefahr stoße", sagte ich stattdessen, da ich nicht riskieren wollte, dass sie wieder in ihr aufmüpfiges Verhalten zurückfiel.

Dann lief ich in Richtung der Hütten und setzte auf dem Weg dorthin meine übernatürlichen Fähigkeiten als Gestaltwandler voll und ganz ein.

Zeit zu Jagen.

KAPITEL 4
RILEY

STEH AUF, forderte ich.

Um abzuwarten, hatte sich meine Wölfin niedergelegt.

Okay, ich verstehe es. Du bist sauer, weil ich dich eine Zeit lang nicht rausgelassen habe, aber du musst dich zusammenreißen.

Meine Wölfin schnaufte als Antwort und legte ihren Kopf auf den Boden, gehorsam bis zum Gehtnichtmehr. Der Alpha hatte ihr gesagt, sie solle ‚bleiben'. Also bewegte sie sich nicht vom Fleck.

Er ist nicht unser Gefährte, sagte ich ihr.

Daraufhin schnaubte sie noch einmal.

Er gehört nicht uns, wiederholte ich. Diese Worte sagte ich schon seit Stunden vor mich hin, aber sie war völlig von Jonas' Schnurren hypnotisiert.

Und ja, es war ein schönes Schnurren. Ich hatte noch nie zuvor das Schnurren eines Alphas gehört, also genoss ich das Gefühl, das es in mir auslöste.

Das bedeutete jedoch nicht, dass ich wie ein

gehorsamer Hund hier sitzen und auf die Rückkehr meines Herrn warten wollte.

Leider war das *genau* das, was meine Wölfin vorhatte.

Verdammt, sie wollte viel mehr als das. Sie wollte, dass Jonas' Wolf sie bestieg … was nicht passieren würde.

Sobald er merkte, dass ich eine Omega war, würde er mich für sich beanspruchen. Diese Gewissheit konnte ich bis tief in meine Seele hinein spüren, genauso, wie ich die begierige Zustimmung meiner Wölfin vernehmen konnte. *Würdiger Gefährte,* schnurrte sie. *Mein Gefährte.*

Er gehört nicht uns, fauchte ich.

Ein nutzloses Unterfangen, denn meine Wölfin verstand meine Worte und Kommentare nicht wirklich. Sie konnte meine Gefühle spüren, und normalerweise waren wir im Einklang, aber ich hatte mich im Laufe der Jahre wegen der Unterdrückungsmittel mehr oder weniger von ihr abgekoppelt.

Unterdrückungsmittel, deren Wirkung schnell nachließen, dachte ich und seufzte genervt.

Die Krämpfe hatten vor ein paar Kilometern begonnen, was mich schließlich dazu brachte, ein wenig zu wimmern. Denn *es tat weh*. Das tat es immer. Und diese Hitze würde schlimmer sein als sonst, weil ich sie jahrelang verdrängt hatte.

Verdammt. Ich musste wirklich die Kontrolle zurückerlangen und mich verstecken, und nicht wie eine gehorsame kleine Omega hier herumsitzen.

Aber ich konnte die hartnäckige Entschlossenheit meiner Wölfin spüren, sie war ja schließlich ein Teil von mir. Und ich war als Sturkopf geboren worden.

Deshalb hatte ich mich entschlossen, mein Rudel zu verlassen, eine Universität der Menschen zu besuchen und alle meine Abschlüsse mit Bravour zu meistern. Meine Eltern waren damit nicht zufrieden. Sie wollten, dass ich mich im Alberta-Sektor niederließ, mit meiner Triade, die mein Vater für mich ausgewählt hatte.

Stattdessen war ich weggelaufen.

Mein Vater hatte versucht, es zu verhindern, aber in dieser Zeit war es einfach gewesen, sich unter die Menschen zu mischen und zu verschwinden. Dank der fortschrittlichen Technologie konnte ich mir eine völlig neue Identität zulegen und mich an verschiedenen Universitäten bewerben.

Wölfe hörten nach einigen Jahren auf zu altern, was es mir ermöglichte, ewig jung zu erscheinen.

Aber ich war noch nicht sehr alt gewesen, als ich weggelaufen war.

Ich war erst neunzehn gewesen und hatte das perfekte Alter für den Besuch einer Universität gehabt.

Um meine Träume zu leben, hatte ich eine Menge Schulden gemacht, aber das war es wert gewesen.

Mein Biologiestudium hatte mich zum Medizinstudium animiert. Ich durchlief alle Stationen meiner Facharztausbildung und spezialisierte mich dann auf Infektionskrankheiten, bevor ich schließlich in Epidemiologie promovierte.

Mehr als ein Jahrzehnt war vergangen, in dem ich studiert und als Ärztin praktiziert hatte.

Mein Beruf hatte mich zu meinem Job bei der CDC geführt.

Ein Job, der sich schnell in einen Albtraum verwandelt hatte, als der hirnfressende Virus mutiert war.

Alles, was es dazu gebraucht hatte, war eine Gruppe Jugendlicher gewesen, die den falschen Teich besucht hatte. Sie waren Nacktbaden gegangen und hatten Wasser durch die Nase eingeatmet. Von da an war das Virus mutiert und nicht mehr einzudämmen gewesen.

Viele Politiker hatten es als Zufall bezeichnet.

Die Forscher sprachen von einem Sturm der Ereignisse, denn das Virus war aufgrund der Variante, die bereits in ihrem Wirt vorhanden war, mutiert.

Ich seufzte tief. Jetzt war die Krankheit unheilbar und das Institut war einer der letzten Orte, an dem wir das Virus untersuchen konnten.

Hat Kieran die Proben eingepackt? Oder wurden sie zurückgelassen und zerstört?

Wo werden wir überhaupt hingehen? Jonas hatte es mir nicht gesagt. Ich war ihm einfach blindlings durch den Wald gefolgt.

Nun, nicht ich. Meine *Wölfin* war ihm blindlings gefolgt.

Und was jetzt?

Bleibe ich hier sitzen und warte darauf, läufig zu werden?

Mein Magen krampfte sich bei dieser Vorstellung zusammen.

Verdammt.

Es half auch nicht, dass ich jetzt genau wusste, womit ich es zu tun hatte. *Der Mann hatte den Körper eines Gottes.*

Groß, schlank und sehr muskulös … Ich hatte das Bedürfnis, über seine ausgeprägten Bauchmuskeln zu lecken und mich mit seinem Knoten vertraut zu machen.

Denk nicht darüber nach. Denk nicht darüber nach. Denke einfach nicht darüber nach.

Oh, aber ich dachte darüber nach. Diese Stärke. So ein beeindruckendes Gesamtpaket. Diesen großen, langen …

Hör auf, schnauzte ich meine Wölfin an. *Er gehört uns nicht.*

Meine Wölfin schnaubte wieder, vollkommen irritiert. Sie wollte ihn schon seit Monaten und war sich sicher, dass wir ihn endlich bekommen würden.

Und diesen Knoten.

In mir drin.

Wir schnappen ihn uns gemeinsam.

In glückseliger Qual.

Ich versuchte, meinen Kiefer zusammenzubeißen, aber meine Wölfin verweigerte sich mir.

Ich könnte die Kontrolle über sie zurückgewinnen und sie in die Knie zwingen, indem ich wieder unsere menschliche Form annähme. Allerdings war ich etwas besorgt, weil ich nicht wusste, wie sich das auf meine bevorstehende Hitze auswirken würde. Offensichtlich verringerten sich bereits meine geistigen Fähigkeiten – noch immer beherrschte die Erinnerung an Jonas nackten Körper meine Gedanken – und die Verwandlung könnte meinen derzeitigen Zustand noch verschlimmern.

Wieder verließ ein leises Wimmern meine Kehle, ein Stöhnen, das ich nicht ganz unterdrücken konnte.

Es war so lange her, dass ich mich hemmungslosem Sex hingegeben hatte. Ich war mit ein paar Betas zusammen gewesen, und auch mit ein paar Menschen. Aber nie mit einem Alpha – aus offensichtlichen Gründen. Ich wollte nicht gegen meinen Willen beansprucht werden.

Je mehr ich jedoch über Jonas nachdachte, desto weniger hatte ich dagegen, dass er mich für sich beanspruchte.

Es erschreckte mich zu Tode, weil ich wusste, dass dieser Gedanke aufgrund meiner Hitze aufkam.

Er ist nicht unser. Nicht unser. Nicht unser.

Stell dir vor, was er tun wird, wenn er die Wahrheit erfährt, dachte ich. *Stell dir vor, wie wütend er sein wird.*

Ich hatte mich jahrelang über die Bedeutung des Omega-Seins hinweggesetzt, indem ich Unterdrückungsmittel genommen hatte. Als Alpha würde er wütend auf mich sein. Er würde mich wahrscheinlich bestrafen, indem er sich weigern würde, mich zu verknoten, zumindest für eine gewisse Zeit, aber lange genug, um mich zum Betteln zu bringen.

Richtig zum Betteln.

Bei diesem Gedanken bildete sich ein leises Knurren in meiner Kehle.

Ich hasse ihn. Ich hasse Alphas. Ich hasse alles an meinem Omega-Dasein.

Am meisten hasste ich jedoch, dass ich Jonas wollte.

Es wäre viel einfacher, wenn ich den Mann selbst hassen würde. Leider hatte er nichts getan, was meinen Hass rechtfertigen würde.

Ich stieß einen langen Seufzer aus, der aus dem Maul meiner Wölfin drang. Sie war der Inbegriff der Gelassenheit, ihre Ohren waren gespitzt und sie wartete gespannt auf Jonas' Rückkehr.

Keine Gedanken an unser Überleben.

Keine Gedanken an Flucht.

Nur die stille Akzeptanz ihres Schicksals.

Deshalb hat die menschliche Seite mehr Kontrolle, sagte ich ihr. *Wir haben einen gesunden Menschenverstand. Du denkst nur mit deinem Fortpflanzungssystem.*

Sie schnaubte, nicht weil sie mich unbedingt verstand, sondern wegen meines verärgerten Tons, als Reaktion auf ihre Ruhe.

Wir waren nicht völlig voneinander getrennt, nur so weit, dass sie im Moment die Kontrolle hatte.

Ich fragte mich, ob Jonas durch seine Handlungen, Worte und sein *Schnurren* dazu beigetragen hatte.

Nein, wahrscheinlich nicht. Es war meine Schuld, weil ich meine Wölfin all die Jahre verleugnet hatte.

Jetzt, da ich sie befreit hatte, wollte sie das Sagen haben.

Ihre erste Amtshandlung schien es zu sein, Jonas als Gefährten zu akzeptieren.

Er weiß nicht einmal, dass du eine Omega bist. Er denkt, du bist nur eine Beta.

Ein weiteres Schnauben folgte.

Er will uns nicht.

Sie ignorierte meinen Kommentar.

Sie ignorierte *mich*.

Wahrscheinlich, weil sie wusste, dass ich nur Mist erzählte. Er wollte uns ohne Zweifel oder er würde uns wollen, sobald er die Wahrheit erfuhr.

Wie wird er mich bestrafen?, fragte ich mich. Bei dem Gedanken kribbelte es in meinem Bauch. *Orgasmusverweigerung? Spanking? Lautes Knurren?*

Warum sprachen mich all diese Dinge so an?

Ach ja, richtig! Mein Körper hatte seinen eigenen Willen.

Warum habe ich meine Unterdrückungsmittel nicht einfach früher genommen?, fragte ich mich genervt. Natürlich war es gut, dass ich sie nicht genommen hatte, sonst hätte ich mich nicht mit Jonas verwandeln und weglaufen können. Er hätte also sowieso gemerkt, dass etwas nicht stimmte.

Und das wäre noch schlimmer gewesen.

Vielleicht.

Vielleicht wird es jetzt noch schlimmer, weil ich seinen Knoten haben will.

Mit den Unterdrückungsmitteln konnte ich es verleugnen.

In diesem Zustand konnte ich das nicht. All meine verbotenen Begierden kamen zum Vorschein.

Meine Wolfsnase zuckte, als Jonas' Duft stärker wurde. Aber da war noch etwas, das seinen holzigen Duft verdarb. Etwas Rauchiges.

Ich setzte mich auf, oder besser gesagt, meine *Wölfin* setzte sich auf.

Aber keine von uns mochte den Duft.

Was ist das? Warum hat er seinen Geruch verändert?

Ich schnupperte in der Luft und rümpfte die Nase.

Nicht akzeptabel.

Einen kleinen Moment später erblickte ich Jonas. Er trug Jeans und Stiefel.

Auch nicht akzeptabel, dachte ich. *Warum bist du in Menschengestalt und angezogen?*

Warte. Warum will ich ihn nackt sehen?

Stopp. Ich muss nachdenken.

Er hielt einen Stoffsack hoch. „Ich habe ein Sommerkleid für dich gefunden. Es ist rosa."

Ja. Ich habe Augen im Kopf, antwortete ich mit einem Blick. *Ich kann die Farbe sehen.*

„Ich habe eine Hütte mit Konserven, frischer Bettwäsche und ein paar anderen Dingen gefunden. Es gibt auch ein Bett. Dort können wir uns also ausruhen." Er blickte sich um, seine Nasenflügel blähten sich. „Ich kann kein Anzeichen von Infizierten in unserer Nähe wahrnehmen. Und auch keines von Menschen." Er runzelte die Stirn. „Aber da ist etwas …", sagte er, brach jedoch ab … „Was ist das? Es riecht …"

Meine Wölfin begann mit dem Schwanz zu wedeln.

Dieser *verdammte* Schwanz.

Das ist gar nicht gut, sagte ich ihr. *Das ist eine schlechte Idee.*

Sein Blick fand sofort meinen und seine Nasenflügel blähten sich wieder auf. „*Süß.*"

Es dauerte einen Moment, bis ich verstand, was er meinte.

Es riecht süß, meinte er.

Ja, weil ich läufig werde.

„Riley-" Er machte einen Schritt nach vorne, wobei der rosa Stoffsack neben ihm zu Boden fiel. „Warum riechst du wie eine Omega?"

Verdammt.

Ich stand auf, und meine Wölfin gab plötzlich die Kontrolle an mich zurück.

Vielleicht, weil sie die Aggression spüren konnte, die in ihm pulsierte ... die Alphawut, die ich erwartet hatte, sobald er merkte, *warum* sich mein Duft verändert hatte.

Ich war ehrlich gesagt überrascht, dass er es nicht sofort bemerkt hatte, während wir Seite an Seite durch die Wälder gelaufen waren.

Allerdings hatten die Krämpfe erst vor kurzem begonnen. Das bedeutete, dass die letzten Reste meiner Unterdrückungsmittel wahrscheinlich gerade erst meinen Organismus verließen. Mein Geruch hatte also erst vor kurzem begonnen, sich zu verändern.

Sogar jetzt konnte ich noch einige der sauren Noten meines erzwungenen Beta-Dufts riechen.

Aber Jonas hatte recht – mein süßer Omega-Duft hatte eindeutig die Oberhand gewonnen.

Er kam näher, und ich wich instinktiv zurück.

„Wage es nicht wegzulaufen", knurrte er. „Verwandle dich zurück und erkläre mir, was hier los ist. *Und zwar jetzt sofort.*"

Meine Wölfin heulte, weil sie nachgeben wollte.

Sie hatte mir die Kontrolle zurückgegeben, die ich brauchte, um Entscheidungen zu treffen.

Das bedeutete, dass ich mich für die beste Option entschied – das Weglaufen.

Jonas wusste es. Er knurrte lauter ... ein Geräusch, das mich zum Verwandeln zwingen würde, wenn ich nicht sofort reagierte.

Also lief ich in den Wald, nicht den Weg zurück, den wir gekommen waren, sondern nach rechts, nach ... ich hatte keine Ahnung wohin.

Es war mir egal.

Ich wusste einfach, dass ich weglaufen musste.

Um zu entkommen.

Um mich zu *verstecken*.

Ich wollte meine Träume, mein Leben und meine *Wahlmöglichkeiten*. Ich weigerte mich, beansprucht zu werden.

Und Jonas würde mir alles nehmen.

Er würde *mich* nehmen. Mich besteigen. Mich knoten. Mich schwängern. Und mich *beanspruchen*.

Nein. Das darf nicht geschehen.

Meine Wölfin schien jetzt voll und ganz an Bord zu sein und erlaubte mir, an meine Grenzen zu gehen, während wir durch das Unterholz brachen.

Sie war nur einen Hauch aufgeregt und das ließ mich innehalten.

Warum genießt du das?, fragte ich sie. *Wir stehen buchstäblich vor dem größten Kampf unseres Lebens und du* sabberst?

Verdammt, meine verfluchte Wölfin *lächelte*.

Es war kein erschöpftes Keuchen, sondern ein glückliches.

Sie spürte, dass Jonas hinter uns her war.

Sie wusste, dass ihr auserwählter Alpha auf der Jagd nach uns war.

Und meine verdammte Wölfin *wollte* gefangen werden.

Dies war ihre Version eines Paarungsrituals.

Oh, verdammt noch mal, dachte ich. *Das wird nicht gut ausgehen.*

KAPITEL 5

JONAS

RILEY IST EINE OMEGA.

Und zwar nicht irgendeine Omega, sondern eine Omega, die kurz vor ihrem Zyklus steht.

Ihr süßer Duft imponierte meinem Wolf und zwang mich, ihr in den Wald zu folgen. Als sie floh, war ich zu sehr damit beschäftigt, ihr nachzustarren, sodass ich ihr versehentlich einen kleinen Vorsprung gab.

Ich zog meine Stiefel aus, riss mir die geliehenen Hosen vom Leib, verwandelte mich in meinen Wolf und rannte durch den Wald.

Was soll der Scheiß?, dachte ich.

Wie konnte ich das übersehen? Mein Wolf hatte sich seit Monaten nach ihr gesehnt. Ich dachte, es sei der Aspekt der Herausforderung, die sie darstellte, der ihn faszinierte.

Aber nein …

Er hatte die Wahrheit die ganze Zeit geahnt.

Und es schien, als hätte ich jetzt eine Antwort darauf, warum sie sich geweigert hatte, mit mir zu laufen.

Ihre zierliche Wölfin war ganz Omega. Das erklärte ihre Größe und ihren Instinkt, zu gehorchen.

Ihre Wölfin war von Natur aus devot.

Die Frau hingegen war temperamentvoll.

Eine temperamentvolle Frau, die offensichtlich Unterdrückungsmittel eingenommen hatte.

Aber warum? Warum versteckt sie ihre natürliche Gestalt? Um ihre Hitze zu vermeiden? Es gab andere Wege, um während dieser Zeit Trost zu finden, Wege, die es nicht erforderten, ihre Wölfin zu unterdrücken.

Sie sollte es besser wissen. Sie ist eine Ärztin, verdammt noch mal.

Zumindest bedeutete das, dass sie damit keine Risiken eingegangen ist.

Aber wenn eine simple Verwandlung ihren Zyklus auslöste, war es dann wirklich sicher?

Verdammt, war das der Grund, warum sie vorhin gezögert hatte, sich zu verwandeln? Wann war sie das letzte Mal gelaufen?

Kein Wunder, dass ihre Verwandlung nur langsam vonstattenging.

Es war richtig, sich Sorgen zu machen. Wir waren stundenlang gelaufen.

Scheiße.

Ich hätte sie nicht so stark gedrängt, wenn sie etwas gesagt hätte. Das erklärte auch ihre Erschöpfung. Außerdem hatte sie heute wahrscheinlich noch nichts gegessen.

Verdammt, Riley, dachte ich und trieb meine Pfoten tiefer in den waldigen Boden, während ich sie verfolgte.

Sie war wieder einmal dabei, ihre Grenzen zu strapazieren – und das, obwohl sie kurz vor ihrem Zyklus stand.

Diese Frau muss Todessehnsucht haben. Bei dem Tempo, das

sie an den Tag legte, würde sie sich schwer verletzten, oder noch schlimmer.

Wir mussten in das kleine Dorf mit den Hütten zurückkehren und ein schützendes Nest schaffen, in dem sie sich während ihres Zyklus ausruhen konnte.

Wie würden sich die Unterdrückungsmittel auf sie auswirken? Wann war sie überhaupt das letzte Mal läufig?

Ich hatte so viele verdammte Fragen, und es gab nur eine Wölfin da draußen, die sie beantworten konnte. Eine Wölfin, deren Duft gerade sehr schwach war.

Mein Wolf reckte die Schnauze in die Luft und schnupperte verwirrt.

Dann legte er den Kopf schief, seine Ohren waren auf alle Geräusche des Waldes eingestellt.

Er nahm in der Ferne das sanfte Rauschen von fließendem Wasser wahr.

Kluges Weibchen, dachte ich und rannte wieder los. Sie musste in den Bach gesprungen sein, um ihren Geruch zu verwischen.

Leider würde das nicht ausreichen, um mich von ihrer Fährte abzubringen.

Ich folgte dem Geräusch des Wassers und fand einen Bach, nicht weit von der Stelle, an der ich ihre Fährte verloren hatte. Ich suchte den dunkler werdenden Wald ab. Die Sonne stand tief am Himmel, was auf die frühe Abendstunde zurückzuführen war.

Das bedeutete, dass wir heute wahrscheinlich neun oder zehn Stunden unterwegs gewesen waren.

Riley musste erschöpft sein, besonders wenn sie sich ihrem Zyklus näherte.

Ich musste sie finden, bevor sie sich wirklich verletzten würde. Omegas waren nicht unbedingt zerbrechlich – sie waren nur klein und Riley kümmerte sich nicht richtig um ihre Wölfin. Das war allein schon durch ihre Verwandlung deutlich geworden.

Ich hatte das Ausmaß erst bemerkt, als sich ihr Geruch verändert hatte.

Verdammte Unterdrückungsmittel.

Zumindest wurden dadurch viele meiner Fragen geklärt.

Es warf allerdings auch einige weitere auf.

Komm raus, komm raus, wo immer du bist, dachte ich und suchte die Gegend am Bach ab.

Mein Wolf konnte ihre Nähe spüren. Sie war nicht weit entfernt und sie war am Ufer geblieben, vielleicht sogar im Wasser, um ihren Geruch zu verbergen.

Das bedeutete, dass sie sich irgendwo versteckte.

So ein schlaues Wölfchen, dachte ich. Auch mein Wolf schien zufrieden zu sein, seine Instinkte waren von der Jagd beflügelt.

Er sah es als einen Test an und als einen Weg, um seinen Wert als potenzieller Gefährte zu beweisen.

Unsere Wölfe ließen nie zu, dass Emotionen oder Umweltfaktoren bei einer Entscheidung eine Rolle spielten. Wenn mein Wolf etwas wollte, nahm er es sich.

Und im Moment wollte er *Riley*.

Ich würde nicht zulassen, dass er sie ganz für sich beansprucht, aber ich würde ihm etwas Freiraum geben, um ihre Wölfin zu verführen.

Ich würde für sie schnurren, wenn sie meinen Wolf akzeptiert, vorausgesetzt, dass Rileys aufmüpfiges Verhalten das Umwerben nicht beeinträchtigt.

Wir sprechen hier von Riley. Natürlich wird sie rebellieren.

Fast schnaubte ich vor Belustigung.

Aber dann kam mir ein anderer Gedanke … einer, bei dem ich mich unwohl fühlte.

Ist das der Grund, warum sie immer unwirsch zu mir war? Weil ich ein X-Clan-Alpha war? War das ihre Art, mir zu sagen, dass sie mich nicht für würdig hält?

Mein Wolf schnaubte um zu widersprechen, denn er war sich des Zweifels, der mir durch den Kopf ging, durchaus bewusst. Er zweifelte hingegen nicht im Geringsten. Er konnte das Interesse riechen, das von ihrer Wölfin ausging.

Sie will uns, sagte er. *Jetzt müssen wir sie finden und verknoten.*

Ich gab ihm die Zügel in die Hand und erlaubte ihm, die Jagd zu führen.

Wenn Riley mich für unwürdig hielt, dann nur, weil sie mir noch keine Chance gegeben hatte, mich zu beweisen. Also würde ich meinen Wolf durch Taten statt durch Worte für mich sprechen lassen.

Ich hatte mich noch nie aktiv um eine Gefährtin bemüht. Ich war zu sehr damit beschäftigt gewesen, als Bodyguard zu arbeiten, was mich schließlich zu Riley geführt hatte.

War es Schicksal? Vielleicht.

Oder haben sich unsere Wege nur zufällig gekreuzt?

Unabhängig davon würden wir über die Zukunft sprechen müssen. Selbst wenn diese Zukunft nur darin bestünde, dass ich ihr durch die Hitze helfen würde, denn sie würde bald einen Knoten brauchen, und meiner war der einzige, der zur Verfügung stand.

Es ist kein Kieran hier, mit dem du spielen kannst, Kleine, dachte ich zufrieden. Ich hatte ihr kleines kokettes Lächeln gesehen und die Art und Weise bemerkt, wie er sie zum Lachen brachte.

Verdammter Alpha-Prinz.

Dieser Titel machte ihn nicht zum Adeligen, es war nur eine formale Bezeichnung, die die Wölfe des V-Clans für die Position des Sektor-Alphas verwendeten.

Ich könnte ein Sektor-Alpha eines X-Clan-Rudels sein. Ich war alt genug. Stark genug. Schnell genug. *Klug* genug.

Aber ich hatte nie versucht, einen Sektor oder einen Clan zu gründen, weil ich meine Berufung als Bodyguard gefunden hatte.

Wenn Riley einen *Prinzen* wollte, dann war Kieran vielleicht die bessere Wahl. Er hatte mit Sicherheit die Arroganz eines Königs.

Der Gedanke an Kieran und daran, dass Riley seinen Knoten dem meinen vorziehen könnte, ließ meinen Wolf knurren, der sich sowohl über mich ärgerte, als auch über die Omega, die sich vor ihm versteckte.

Zweifel war ein Gefühl, das meine Bestie nicht zulassen wollte. Sie war sich ihrer sicher.

Es war der Mann in mir, der aufgrund von Rileys Verhalten alles infrage stellte.

Das war wirklich verdammt ärgerlich, weil ich noch nie zuvor so etwas infrage gestellt hatte. Niemals. Aber diese Frau ließ mich in ihrer Gegenwart aufgrund ihres Verhaltens bei jeder verdammten Entscheidung im Zweifel.

Alles nur, weil sie ihren Omega-Status verheimlicht hat.

Das war der Kern des Ganzen – sie wollte einfach nicht, dass ich es herausfinde.

Nun, jetzt weiß ich es. Ich werde dich finden.

Sie war in der Nähe. Ich konnte ihre Anwesenheit spüren. Ihre Hitze. Ihr *Verlangen*. Ihr Duft umhüllte mich wie ein seidiger Umhang und führte mich weiter stromaufwärts.

Mein Wolf wurde langsamer, sein Blick fiel auf eine Ansammlung größerer Felsen am Bachufer. Es war die Art von Felsformation, in der sich ein kleiner Wolf verstecken könnte.

Ich kletterte auf die Felsen und legte mich hin.

Mein Wolf knurrte.

Unter den Steinen kam ein leises Wimmern hervor. *Riley.*

Ein weiteres Grollen verließ meine Brust. Riley glitt langsam ins Wasser.

Ihre Augen trafen meine.

Ich wusste, als sie zuckte, dass sie weglaufen wollte, und mein Wolf reagierte sofort, bevor sie mehr als einen Gedanken fassen konnte.

Wir schlugen zu.

Rollten.

Mein Wolf knurrte.

Und wir brachten unsere Omega ans Ufer.

Sie zitterte unter uns, und sie brachte ein weiteres Wimmern hervor.

Du gehörst jetzt uns, Kleines, dachte ich, und mein Wolf knurrte erneut, aber diesmal warnend. *Verwandle dich oder ich werde es dir befehlen.*

Die Verwandlung begann an ihrem Hals und ihr Bauch berührte bereits meinen.

Ich balancierte über ihr mit meinen Pfoten auf beiden Seiten ihres Kopfes, da ich nicht riskieren wollte, sie zu verletzen oder sie mit meinem Gewicht zu erdrücken. Die Steine unter ihrem Nacken und ihren Schultern waren wahrscheinlich scharf und unangenehm. Ich hätte sie im Gras gefangen, aber der Bach machte es einfacher.

Nachdem sie sich verwandelt hatte, tat ich es ihr gleich, was mich nur die Hälfte der Zeit kostete. *Ich habe meine Instinkte nicht mit Unterdrückungsmitteln benebelt,* murmelte ich in Gedanken.

Ihre leuchtend blauen Augen trafen wieder auf meine, und in ihren Tiefen lauerte ein Hauch von Feuer.

Jetzt geht's los, dachte ich.

„Runter von mir", forderte sie. Entgegengesetzt ihrer

Forderung, spreizte sie aber ihre Schenkel, damit ich mich zwischen ihnen niederlassen konnte … denn ja, ihr Körper wollte mich – wie die Erregung, die jetzt meine Leistengegend bedeckte, bewies. Ihre feuchte Mitte hatte nichts mit dem seichten Wasser unter ihren Beinen zu tun.

Ich ignorierte ihren Befehl und sprach selbst einen aus. „Fang an zu reden!"

Es war ein Befehl, der für Riley nicht schwer zu befolgen sein sollte, da die Frau normalerweise kein Problem damit hatte, ihre Meinung zu sagen.

Doch ausgerechnet jetzt entschied sie sich, zu schweigen.

Sie blickte mürrisch zu mir hoch.

Gleichzeitig wölbte sie mir aber ihr Becken entgegen, drückte sich mit einer offensichtlichen Einladung zum Ficken gegen meinen Schwanz.

Die Einladung würde ich annehmen, *nachdem* wir über ihre Possen gesprochen hatten.

„Riley", knurrte ich, damit sie verstand, dass ich nicht in der Stimmung war, mich in die Irre führen zu lassen, nicht mit ihrem süßen und *bereiten* Körper unter mir. „Ich bin ungefähr fünf Sekunden davon entfernt, dich zu verknoten, *Omega*. Erkläre mir, wie das überhaupt möglich ist."

Ich kannte die Ursache bereits … Unterdrückungsmittel.

Was ich wirklich wollte, war, dass sie erklärt, *warum* sie sie genommen hatte.

Sie schluckte schwer, und das Feuer in ihrem Blick erlosch.

Ich verengte meine Augen. „Antworte mir. Sag mir, warum du Unterdrückungsmittel genommen hast." Vielleicht würde es ihr helfen, sich zu öffnen, wenn ich ihr mitteilte, was ich offensichtlich schon wusste.

„Ich … ich wollte ein erfülltes Leben", sagte sie leise. Das war nicht das, was ich erwartet hatte, und ich runzelte die Stirn. Ich hatte sie noch nie in solch einem Tonfall sprechen hören. Das machte sie noch viel mehr zu einer *Omega*.

Und ich war mir nicht sicher, ob es mir gefiel, sie so kleinlaut sprechen zu hören.

Riley war sehr angriffslustig, was ich an ihr bewunderte.

Ich wollte nicht, dass sie sanftmütig und unterwürfig war. Ich wollte einfach nur *sie*.

„Ich wollte *leben*", fuhr sie mit etwas mehr Nachdruck fort, und ein Teil von ihr schien sich wieder zu fangen. „Ich wollte mehr sein als eine Welpen-Macherin."

Meine Augenbrauen schossen in die Höhe. „Mehr sein, als eine … was?"

„Du hast mich schon verstanden", antwortete sie, und ihre Augen leuchteten wieder wie Lava.

Da ist mein Mädchen, dachte ich. *Rede weiter.*

„Ich bin mehr als nur eine Omega. Ihr Alphas seht immer nur eine Omega, die ihr verknoten könnt. Ich wollte *mehr*."

Nun, *das* brachte mich zum Knurren. „Ich sehe viel mehr als eine Omega in dir, die ich verknoten kann", informierte ich sie.

„Ach ja?" Sie drückte sich an mich und zog ihre Spalte mit ihrer heißen Erregung über meinen Schwanz. „Bist du nicht mehr fünf Sekunden davon entfernt, mich zu verknoten, *Alpha*?"

„Du wirst läufig." Ich konnte das Grollen in meiner Stimme nicht unterdrücken. „Also ja, ich werde dich knoten."

„Ohne jegliche Rücksicht auf meine Wünsche?"

„Lehnst du mich ab?", entgegnete ich und spielte

dasselbe Spiel mit ihr und bewegte meine Hüfte so, dass ich ihre bedürftige kleine Lustperle stimulieren konnte. „Willst du alleine durch deinen Zyklus kommen?"

„Was glaubst du, warum ich weggelaufen bin?", warf sie zurück.

„Weil deine Wölfin meinen Wolf testen wollte." Ich drückte mich wieder gegen sie und genoss es, wie sich ihre Brustwarzen gegen meine Brust aufstellten. „Und jetzt weiß sie mit Sicherheit, dass ich ein würdiger Gefährte bin. Deshalb hechelst du unter mir, Riley. Du willst meinen Knoten."

Sie knurrte als Antwort. „Ich bin nach über einem Jahrzehnt läufig geworden. Ich würde jeden Knoten nehmen."

Meine Augen verengten sich. „Irgendein Knoten?"

„Das habe ich doch gesagt, Alpha. Ich bin eine Omega. Jeder Knoten würde es für mich tun. Also ja, ich reagiere auf deinen."

Ich ging zwischen ihren gespreizten Beinen auf die Knie, von ihrer gefühllosen Aussage überrascht.

Ich hatte mich schon seit Monaten nach dieser Frau gesehnt.

Im Grunde genommen sagte sie: *Ich nehme an, du wirst es tun, da ich keine andere Wahl habe.*

Nach allem, was ich für sie getan hatte. Ich hatte sie beschützt, hatte ihr Leben über meins gestellt und s*ie* bei jedem Schritt an die erste Stelle gesetzt.

Und sie dankt es mir, indem sie mir sagt, dass sie nur auf meinen Knoten reagiert, weil sie läufig wird und ich der Einzige bin, der verfügbar ist?

Das ist Scheiße.

Ich hatte die Prüfung ihrer Wölfin bestanden und meine Fähigkeiten und meinen Wert über *Monate* hinweg bewiesen.

Wenn sie mich nicht für würdig genug hielt, mich als mehr sah als einen Alpha mit einem Knoten, dann würde ich ihn ihr nicht geben.

„Gut." Ich stieß mich von ihr weg und stand auf.

Das lenkte natürlich ihren Blick auf meinen pulsierenden Schwanz.

Nach *dieser* Beleidigung konnte ich ihn ihr nicht anbieten.

Jeder Knoten, schoss mir durch den Kopf.

„Ich werde dir in der Hütte einen warmen, sicheren Platz für deinen Zyklus herrichten. Du kannst aber auch hier draußen bleiben und dich selbst versorgen." Ich hatte nicht vor, sie an ein Bett zu fesseln und sie zu zwingen, meinen Knoten zu nehmen.

Ich war nicht diese Art von Alpha.

Andere hätten sie einfach genommen. Ich wollte, dass meine Gefährtin heiß und willig war und sich nicht nur mit mir begnügte.

Vielleicht war es der Einfluss meines V-Clans. Mein Vater verhielt sich meiner Mutter gegenüber mit Sicherheit nicht so. Er hatte sie zusammen mit drei anderen während ihres Zyklus entführt. Sie hatten sich dann um die Chance geprügelt, sie zu paaren.

Das hatte zu seinem Tod geführt und meine Mutter wurde von ihrem jetzigen Partner gerettet.

Es war für mich ein heißes Eisen, eine Omega gegen ihren Willen zu nehmen, wenn man bedenkt, dass ich im Grunde genommen auf diese Weise erschaffen worden war.

All das würde Riley wissen, wenn sie tatsächlich versucht hätte, mit mir zu reden.

Aber nein. Sie hatte mich aus Gründen abgelehnt, die ich nicht verstand.

Im Moment war ich mir nicht sicher, ob ich das überhaupt wissen wollte.

Jeder Knoten.

Ja, ja.

Viel Glück dabei, Doc.

„Viel Spaß hier draußen", sagte ich und ging zu Fuß zu den Hütten zurück.

Im Moment gab es hier draußen keine Bedrohungen. Riley würde es gut gehen und wenn sie sich entschließen würde, tiefer in den Wald zu gehen, dann würde ich sie aufspüren und in der Nähe bleiben, um sie zu beschützen.

Das war meine Aufgabe.

Sobald wir hier raus wären und ich sie zur Basis gebracht hätte, würde ich eine Versetzung beantragen.

Denn den Scheiß würde ich nicht länger akzeptieren.

Verdammt, nein. Sie konnte mir gestohlen bleiben.

KAPITEL 6
RILEY

MOMENT, das war's? dachte ich verwirrt.

Ich runzelte die Stirn.

Ich drehte meinen Kopf zur Seite und sah zu, wie Jonas leise und still wegging.

Was zum Teufel?

Ich setzte mich auf, pudelnass von dem verdammten Bach und … anderen Dingen.

Er ist verdammt noch mal einfach gegangen?

Meine Wölfin knurrte wütend.

Sie war aber nicht wütend auf ihn – sie war wütend auf mich.

Sie verstand vielleicht keine Worte, aber sie verstand, dass ich ihren auserwählten Alpha beleidigt hatte. *'Ich würde jeden Knoten nehmen'*, hatte ich zu ihm gesagt.

Na gut. Das war nicht fair und es war auch nicht wahr. Ich würde diesen Zustand irgendwann während meiner Hitze erreichen, aber soweit war ich noch nicht. Ich hasste es, läufig zu werden, aber diesen Alpha würde ich allen anderen vorziehen.

Es war einfach die Situation, die mich wütend machte … wütend, dass er mich gefangen hatte und dass es mir *gefallen* hatte, wie er es angestellt hatte. Ich war wütend, wie leicht ich nachgab und darüber, dass wir mitten im Wald waren, weit weg von meinen Laboren und meinen Unterdrückungsmitteln.

Ich war auch verärgert darüber, dass ein Teil von mir dankbar und froh war, dass es Jonas war und niemand anderes, mit dem ich hier feststeckte. Wir waren hier *allein*, und dafür war ich zu Dank verpflichtet.

Ich bin so was von im Arsch, dachte ich und rollte mich auf der Seite zusammen, als mich ein Schmerz im Unterleib traf. *Was tue ich hier überhaupt?*

Was macht er?

Er hatte mich einfach hier im Wald zurückgelassen.

Was für eine Art Alpha lässt eine Omega allein zurück, wenn sie kurz davor ist, läufig zu werden? Er sollte mich jetzt schon ficken und mich so viel näher an den Rand meines bevorstehenden Wahnsinns bringen … und nicht weglaufen.

Alphas ließen Omegas keine Wahl. Sie nahmen sich, was sie wollten.

Will er mich nicht?

Mein Stirnrunzeln vertiefte sich. *Nein, er will mich definitiv*, beruhigte ich mich. Ich hatte den Beweis dafür zwischen seinen muskulösen Schenkeln gesehen.

Er war aus Stolz weggegangen, weil ich seinen Knoten beleidigt hatte. Ich hatte *ihn* beleidigt.

Die meisten Alphas hätten mich daraufhin einfach gefickt und mir gesagt, ich solle mich benehmen, es annehmen und *genießen*. Sie bewiesen ihr Können und die Größe ihres Knotens allein durch Taten.

Dass mich Jonas hier zurückgelassen hatte, bewies aber etwas anderes.

Ich hatte ihn zurückgewiesen, und er hatte es mehr oder weniger akzeptiert.

Das machte ihn in der Tat zu einer ganz anderen Art von Alpha.

„Ich werde dir in der Hütte einen sicheren Platz für deinen Zyklus herrichten. Du kannst aber auch hier draußen bleiben und dich selbst versorgen.“

Er hatte nicht gesagt, dass er *uns* einen sicheren Ort schaffen würde, sondern nur mir. Weil er meine Entscheidung akzeptierte? Oder weil er zu wütend auf mich war, um mich jetzt zu ficken?

Wütende Alphas waren normalerweise furchterregend, nicht vernünftig … doch er hatte ruhige Wut ausgestrahlt, anstatt mich anzubrüllen.

Ich setzte mich auf und legte meine Hand auf meinen Bauch, als mein Inneres wieder aufbegehrte. Ich hatte dieses Gefühl all die Jahre nicht vermisst.

Ich atmete aus, versuchte, mich aufzurichten, und schwankte ein wenig. *Es geht mir gut, ich schaffe das,* beruhigte ich mich. Ich machte einen Schritt und blieb mit dem Zeh an einem Stein hängen.

Ich schrie auf, als ich zurück in den Bach stürzte und mich gerade noch abfangen konnte, bevor ich kopfüber gegen einen verdammten Felsen fiel.

„*Scheiße!* Das tut verdammt weh!“ Mein Knie blutete und mein Zeh tat weh, weil ich über den Stein gestolpert war. Auf vier Pfoten war ich viel graziöser gewesen, aber ich konnte mich jetzt nicht mehr bewegen. Ich war zu erschöpft … zu hungrig … zu *schwach*.

Das verärgerte mich nur noch mehr.

Ich hasste es, mich schwach zu fühlen. Das war einer der Gründe, warum ich es verachtete, eine Omega zu sein.

Es war ein Teil dessen, was ich an meiner Hitze nicht ausstehen konnte. Sie machte mich verletzlich und hilfsbedürftig – zwei Eigenschaften, die mir von Geburt an aufgezwungen worden waren.

Ich hatte hart dafür gekämpft, keines von beidem zu sein, und doch war ich hier und kroch zum Ufer, weil ich nicht einmal stehen konnte.

Mein Kinn bebte und ich hatte den Drang zu weinen, was mich nur noch wütender machte und dazu führte, dass die Tränen meine Sicht trübten.

Ich hasse alles an dieser Situation.

Diese Krise, das Selbstmitleid, das war nicht *ich*. Nichts an dieser Situation zeugte von meinem wahren Charakter.

Es war genau das, wovor ich mich über ein Jahrzehnt lang versteckt hatte.

Schließlich erreichte ich das Ufer und kroch auf die grasbewachsene Böschung. *Reiß dich zusammen, Riley. Du bist stärker als das. Du bist besser als das hier.*

Aber es war schwer, sich *stark* und *erhabener* zu fühlen, wenn mein Inneres vor Verlangen pulsierte.

Ich hätte mich einfach von Jonas ficken lassen sollen, anstatt ihn zu beleidigen und zu verjagen. Wenn ich ehrlich zu mir selbst war, war es gar nicht meine Absicht gewesen, *ihn zu verjagen*. Ich wollte ihn wütend machen, damit er mich aus Wut fickte, damit ich ihn später dafür hassen konnte.

Das hatte er nicht getan … stattdessen hatte er mich verlassen, was kein Alpha in meinem früheren Rudel je getan hätte.

Jonas ist nicht wie diese Alphas, beschloss ich.

Das hatte ich irgendwie schon vermutet, denn er war schon immer eher ruhig und aufmerksam als herrisch und autoritär gewesen. Er hatte seine Momente mit den letztgenannten Eigenschaften, aber die schienen nur dann zum Vorschein zu kommen, wenn er mich beschützen wollte.

Er war nie wirklich *besitzergreifend* oder grausam, nur ein fürsorglicher Bodyguard.

Ich hatte ihn gerade auf eine Art und Weise beleidigt, die ich einem anderen Alpha nie zugemutet hätte.

Was zum Teufel ist los mit mir?

Ich kannte die Antwort darauf. Es war mehr eine rhetorische Frage als alles andere. Ich drückte meine Stirn auf den Boden und seufzte.

Steh auf, Riley.

Steh auf.

Geh zurück zu den Hütten.

Entschuldige dich bei ihm.

Nimm sein Angebot des sicheren Platzes in der Hütte an.

Meine Arme zitterten, als ich mich vom Boden hochzwang. Ein leises Stöhnen verließ meinen Mund, als ich endlich wieder auf zwei Beinen stand, und meine Schienbeine und Knie schrien auf, weil ich sie so sehr aufgeschürft hatte.

Dieses Stöhnen verwandelte sich in ein scharfes Keuchen, als ich Jonas entdeckte, der an einem Baum lehnte und mich beobachtete.

Nackt.

Natürlich war er nackt. Er hatte vor etwa fünf Minuten nackt auf mir gelegen. Ich war ebenfalls nackt, aber daran schien er nicht interessiert zu sein. Sein Blick war auf meine Beine gerichtet und auf meine Wunden, die ich mir zugezogen hatte.

Er war immer noch erregt – genau wie ich –, aber er machte keine Anstalten, auf mich zuzugehen.

„Hast du dich entschieden, was du machen willst? Hierbleiben oder zurück zur Hütte?", fragte er, wobei sein Tonfall seine Emotionen nicht verriet.

„H-Hütte", stammelte ich.

Er nickte. „Gute Wahl."

Er stieß sich vom Baum ab, aber anstatt auf mich zuzugehen, lief er in Richtung der kleinen Hütte.

Ich schaute ihm stirnrunzelnd nach. Er war definitiv weg gewesen, als ich vorhin aufgeschaut hatte. War er zurückgekommen, als er mich hatte schreien hören? Warum hatte er mir nicht aus dem Bach geholfen?

Wahrscheinlich, weil er dachte, ich hätte es verdient, über meine eigenen Füße zu stolpern.

Nach der Art und Weise, wie ich mit ihm gesprochen hatte, hatte ich das wahrscheinlich auch verdient.

Genau genommen hätte ich dafür, wie ich ihn bisher behandelt hatte, noch viel Schlimmeres verdient. Ich war nie besonders nett zu ihm gewesen, aber das lag nicht daran, dass ich ihn nicht mochte. Ich wollte nur nicht, dass er erfährt, dass ich eine Omega bin, weil ich wusste, dass er mir die Entscheidung abnehmen und mich für sich beanspruchen würde.

Allerdings hatte er mich eines Besseren belehrt, als er ohne einen Blick zurückzuwerfen weggegangen war, aber dann war er zurückgekommen ... und wieder weggelaufen.

Diesmal lief ich ihm nach, und als mir sein Name auf der Zunge lag, blieb ich mit meinem verdammten Zeh an einer Baumwurzel hängen.

Meine Arme schossen vor, um mich abzufangen, aber sie erreichten den Boden nicht, sondern landeten auf Jonas' Hüften, der mich auffing.

Mein Gesicht traf fast auf seinen Unterleib.

Ich sprang zurück und blieb an der gleichen verdammten Wurzel noch einmal hängen.

Jonas packte mich an der Taille und zog mich an sich, wobei seine Augenbrauen nach oben flogen. „Hast du vergessen, wie man sich richtig auf zwei Beinen bewegt, Doc?"

Ich brummte missbilligend. „Anscheinend."

„Hmm", nickte er. „Dann solltest du dich vielleicht verwandeln."

„Ich kann nicht", murmelte ich. „Das würde meine restliche Energie verbrauchen und mich wahrscheinlich sofort in meine Hitze bringen."

Er starrte mich eine Minute lang an. „Soll ich dich tragen?" Sein Ton verriet, dass dies das Letzte war, was er tun wollte.

Ich wollte zustimmen, nur um ihn zu ärgern, doch ich schluckte den Drang hinunter und schüttelte den Kopf. „Ich kann gehen. Nur … langsam."

Er musterte mich noch einen Moment lang, dann ließ er mich los.

Beinahe wäre ich ein drittes Mal gestolpert – oder *war es ein viertes Mal?* –, aber diesmal traf mein Fuß auf den Boden und meine Knie gaben nicht nach.

Jonas hob neugierig eine Augenbraue.

„Ich bin erschöpft, okay?", gab ich zu. „Offensichtlich fehlt es mir an Koordination."

„Ich habe dir angeboten, dich zu tragen", erwiderte er trocken.

„In einem Tonfall, der deutlich gemacht hat, dass du es eigentlich nicht möchtest", antwortete ich. „Also, werde ich aus eigener Kraft gehen."

„Warum musst du immer so schwierig sein?", fragte er. „Ich versuche zu helfen, Dr. Campbell."

Ich zuckte bei seiner förmlichen Anrede zusammen.

Dr. Campbell.

Nicht Riley.

„*Verdammt.* Alles, was ich getan habe, war, dir zu helfen", fuhr er fort. „Und doch bekämpfst du mich auf

Schritt und Tritt. Warum? Ist es, weil du keinen Bodyguard wolltest? Wolltest du das alles alleine regeln? Bin ich ein besonderer Fall? Ich habe nämlich noch nie erlebt, dass du dich in der Nähe von *Prinz Kieran* so verhalten hast."

Meine Augen weiteten sich ein wenig bei dem Gift in seinem Ton, als er Kieran erwähnte.

Ich war über die ganze Rede überrascht.

Er hatte heute schon das zweite Mal so viel gesprochen.

Wer hätte gedacht, dass der sexy Alpha-Bodyguard so gesprächig sein kann?

Er starrte mich weiterhin an und wartete auf eine Antwort.

Als ich keine Antwort gab, schüttelte er nur den Kopf und ging weiter.

„Ich lehnte ab, weil mein erster Instinkt war, es anzunehmen", rief ich ihm nach. „Ich habe versucht, nicht ‚schwierig' zu sein", sagte ich mit Nachdruck und Überzeugung in der Stimme, um wie Jonas zu klingen.

Er hielt inne. „Das ergibt keinen Sinn."

„Nun, ich wollte das Angebot erst annehmen, um dich zu ärgern, weil ich wusste, dass du es eigentlich nicht tun wolltest. Also habe ich *Nein* gesagt, um nett zu sein."

Er drehte sich zu mir um und sein langes, gewelltes, blondes Haar umspielte sein hübsches Gesicht. „Warum sagst du mir nicht einfach, was du wirklich willst, ohne es als Gelegenheit zu nutzen, *nett* oder *nachtragend zu* sein?", schlug er vor.

Ich verzog meine Lippen zur Seite, unfähig, darauf wirklich zu antworten. Es ging nie wirklich darum. Ich wollte einfach nur, dass er *ging*. Er war eine Komplikation, mit der ich mich nicht befassen wollte, nicht während ich mich um alles andere kümmerte, aber das war ihm gegenüber nicht ganz fair, das wusste ich. Ich bezweifelte jedoch, dass er mein unmittelbares Misstrauen gegenüber der Situation jemals wirklich verstehen würde.

Ich war eine Omega.

Er war ein Alpha.

In seiner Vorstellung war ich eine begehrte Wölfin, die seine Welpen oder die eines anderen Alphas austragen sollte, nicht mehr und nicht weniger.

Er würde meinen Wunsch, etwas anderes zu sein, nicht verstehen. Keiner von ihnen verstand das.

Jonas atmete tief durch und fuhr sich mit der Hand durch die Haare. „Warum kannst du mich nicht so respektieren wie die anderen?", fragte er. Ich runzelte die Stirn. „Was habe ich getan, um deine offensichtliche Abneigung zu verdienen?"

„Ich habe nichts gegen dich", begann ich.

„Nun, du magst mich offensichtlich nicht", konterte er. „Was ist also dein Problem? Was muss ich machen, damit wir miteinander auskommen?"

„Ich-" Ich war mir nicht sicher, wie ich darauf antworten sollte.

Alles, was meine Wölfin wollte, war, dass er mich knotete. Er strahlte in diesem Moment verdammt viel Dominanz aus, was er vermutlich immer tat, aber seine Körperhaltung und sein Tonfall waren jetzt noch überwältigender.

„Du bist dabei, mitten in diesem verdammten Wald voller Infizierter läufig zu werden", sagte er, wobei ein leises Knurren einige seiner Worte unterstrich. „Es wird verdammt viel Mühe kosten, dich dabei zu schützen."

In meinem Hals bildete sich ein Kloß, der mir das Schlucken erschwerte. „Kommt darauf an, was du unter Schutz verstehst."

Er warf mir einen Blick zu, der andeutete, dass meine Antwort die falsche war.

„Der Schutz besteht darin, die verdammte Hütte zu verbarrikadieren, dir zuzuhören, wie du um einen Knoten bettelst, und alles abzuwehren, was auf dieses Geschrei reagiert", definierte er. „… Und gleichzeitig den Drang zu bekämpfen, deiner Forderung nach einem Knoten nachzukommen."

Ich zuckte zusammen. Ja, ich hatte die Abweisung verdient, aber das bedeutete nicht, dass ich es mochte.

„Und danach muss ich dich zur Basis bringen."

„Welche Basis?", fragte ich.

„Fort Bragg", antwortete er. „Wir haben heute nur acht Kilometer pro Stunde geschafft, also sind es noch mindestens dreihundertzwanzig Kilometer. Wahrscheinlich mehr."

Ich war mit Fort Bragg vertraut – es war keine CDC-Einrichtung.

Fast hätte ich gefragt, wohin wir danach gehen würden, aber Jonas war noch nicht fertig.

„Das heißt, wir haben etwa zwei Wochen Zeit, Doc. Es kommt niemand, um uns zu holen. Es wird kein anderer Alpha kommen, der dich beschützt. Also sag mir, was ich machen muss, damit es funktioniert, und ich werde es tun." Er klang nicht resigniert, sondern eher erschöpft … nicht erschöpft im Sinne von müde, nur, müde von mir, von meinen Mätzchen und meiner Unhöflichkeit.

Dazu hatte er auch allen Grund.

Ich war ihm von Anfang an nur feindselig gesinnt gewesen.

„Ich habe nichts gegen dich", sagte ich erneut.

Er grunzte, sagte aber sonst nichts. Alles, was er tat, war, seine Arme über seiner muskulösen Brust zu verschränken und mich anzustarren. *Er wartete.*

„Ich wollte nicht, dass du herausfindest, was ich bin",

gab ich schließlich zu. „Du bist ein Alpha. Du nimmst …
und ich will nicht genommen werden."

Ein weiteres Grunzen entrang sich seiner Kehle. „Ist es
das, was ich im Moment tue, Doc? *Nehme* ich?"

„Nun, nein. Noch nicht. Aber …"

„Du weißt gar nichts über mich, Dr. Campbell, und du
hast auch nie versucht, mich kennenzulernen." Seine
Arme fielen an seine Seiten, als er auf mich zukam. „Wenn
ich dich ficken wollte, müsste ich nur knurren. Ich würde
dich in Sekundenschnelle weinend auf die Knie zwingen."

Ich schluckte, denn ein Teil von mir hoffte, dass er
genau das tun würde, um seinen Standpunkt zu beweisen.

Das würde die Sache so viel einfacher machen, doch
seine blauen Augen verrieten mir, dass es das Letzte war,
was er jetzt tun wollte. „Es gäbe kein *Nehmen*, nur *Geben*",
fügte er hinzu.

Er blieb nur wenige Meter von mir entfernt stehen,
seine Nasenflügel blähten sich.

Ich war mir nicht sicher, was ich ihm sagen sollte, denn
er hatte recht. Ein Knurren und ich würde ihn anflehen,
mich zu ficken.

„Ich habe mich dir gegenüber immer professionell
verhalten, weil ich meinen Job ernst nehme", sagte er nach
einer unangenehmen Pause. „Das wird sich auch jetzt
nicht ändern. Willst du, dass ich dich trage, Dr.
Campbell?"

„Bitte hör auf, mich so zu nennen", sagte ich und
hasste die Art und Weise, wie diese Förmlichkeit von seiner
Zunge abzuperlen schien. Inzwischen war es fast eine
Beleidigung.

„Beantworte die Frage, Doc."

Das war auch nicht besser.

Sein Gesichtsausdruck verriet mir jedoch, dass dies
nicht zur Debatte stand.

Ich atmete aus und beschloss, dass er eine ehrliche Antwort mehr als verdient hatte. „Ich habe heute noch nichts gegessen. Mein Körper macht … eine *Veränderung* durch und ich bin müde. Ich könnte zwar gehen, aber ich wäre viel langsamer als du."

Ich hasste es, das zuzugeben, aber es war die Wahrheit.

„Und-" Ich hielt inne und bereitete mich mental darauf vor, den Rest meiner Antwort auszusprechen. „Und ich glaube nicht, dass jetzt für mich ein guter Zeitpunkt ist, stur zu sein. Also, ich muss vielleicht nicht getragen werden, aber ich würde gerne getragen werden. Bitte."

KAPITEL 7

JONAS

Irgendwo in North Carolina

Das war wohl die zivilisierteste Antwort, die Dr. Riley Campbell mir je gegeben hatte.

„In Ordnung." Ich schloss die Lücke zwischen uns. „Wie eine Braut oder Huckepack?"

Sie schnaubte, während sich unsere Blicke trafen.

Ich hob eine Braue. „Beantworte die Frage, Doc."

Sie rollte mit den Augen und schüttelte den Kopf. „Wie eine Braut, *Alpha*. Man kann genauso gut so tun, als ob, oder?"

„Was geben wir denn vor zu sein?", fragte ich und nahm sie in den Arm, während ich sprach. Wir mussten zurück, damit ich die Hütte richtig sichern konnte. Ich würde bevorzugen, das zu tun, bevor die Sonne unterging.

„Dass wir verliebt sind?", schlug sie vor, als ich loslief. „Dass wir umeinander werben? Dass wir zusammen sind? Was auch immer wir tun sollten, bevor du mich für eine Woche verknoten musst."

Ich grunzte. „Ich werde dich nicht verknoten, Omega."

Sie lachte. „Genau."

Ich hielt inne und sah zu ihr hinunter. „Du weißt schon, dass Alphas ihren Trieb kontrollieren können, oder?"

Sie warf mir einen Blick zu, der mir sagte, dass sie das absolut nicht wusste. „Kein Alpha will seinen Trieb während der Brunst kontrollieren."

„Ich habe nicht gesagt, dass sie es wollen, Doc. Ich sagte nur, sie *können* es." Ich setzte meinen Weg fort und ließ meinen Blick über die Umgebung schweifen.

„Ich habe noch nie einen Alpha gekannt, der seine Triebe kontrolliert. Das ist nicht möglich."

„Nun, du wirst bald sehen, wie ich meinen kontrolliere", teilte ich ihr unumwunden mit. Die Stärksten unserer Art besaßen die Fähigkeit, jederzeit die Kontrolle zu behalten, selbst wenn sie von einer läufigen Omega angebettelt wurden.

Sie hatte es vielleicht nicht gemerkt, aber ich war ein starker Alpha. Ein *sehr* starker Alpha.

„Ich möchte fast eine Wette abschließen", sagte sie neckisch und bewies damit ihre Unwissenheit und beleidigte mich im Grunde erneut.

Anstatt sie darauf hinzuweisen, murmelte ich nur: „Die würdest du verlieren."

„So zuversichtlich?"

Ich antwortete nicht. Meinetwegen konnte sie so tun, als wüsste sie alles. Ich würde ihr durch meine Taten, die mehr bedeuteten als Worte, das Gegenteil beweisen.

„Hast du nicht gerade gesagt, dass du fünf Sekunden davon entfernt warst, mich zu verknoten?", fragte sie nach einigen Sekunden des Schweigens.

„Hast du nicht gerade gesagt, dass du nicht schwierig sein willst?", konterte ich. „Du stachelst mich gerade dazu an. Manche würden sagen, dass das nicht nett ist, Doc."

„Weil du erst gesagt hast, du würdest mich in fünf Sekunden verknoten, und dann gesagt hast, du würdest mich überhaupt nicht verknoten. Ich weise nur auf den Widerspruch hin, *Alpha*", begründete sie.

Sie warf mir diesen Titel immer wieder vor, als sei er eine Beleidigung.

Ich war als Alpha geboren worden und hatte mich damit abgefunden. Nur weil sie das Omega-Dasein als Schwäche ansah – oder als etwas, das man verstecken musste – bedeutete das nicht, dass ich genauso über meine Bestimmung im Leben dachte.

„Du sprichst ständig von Triebkontrolle", fuhr sie fort. „Aber du warst bereit, mich im Bach zu verknoten."

„Ja. Als ich dachte, deine Wölfin wolle meinen Wolf", antwortete ich und beschleunigte mein Tempo, weil ich dieses Gespräch unbedingt beenden wollte. Der einzige Weg, es zu beenden, wäre, sie in der Hütte abzuladen und in ein verdammtes Zimmer zu sperren.

„Und jetzt?", drängte sie, weil sie offensichtlich nicht wusste, wann es besser war, den Mund zu halten. „Willst du mich nicht mehr verknoten?" Bei dem neckischen Tonfall, den sie anschlug, biss ich die Zähne zusammen.

Ist das alles ein Spiel für sie?, fragte ich mich.

Oder wollte sie mich nur dazu bringen, ihr etwas zu beweisen, indem sie mich zwang, sie zu ficken?

„Was willst du damit sagen?", fragte ich sie, gelangweilt von diesen Wortspielen. Schon an weniger problembeladenen Tagen sprach ich nicht gerne und der heutige Tag war alles andere als problemlos.

„Dass du mich verknoten wolltest und dass du mich immer noch verknoten willst", sagte sie. „Ich akzeptiere das, denn so funktionieren unsere Wölfe. Wenn du also die Kontrolle nicht behalten kannst, verstehe ich das."

Ich grunzte wieder. „Ich komme schon klar", gab ich

ihr zur Antwort und dachte, dass *sie* wahrscheinlich nicht klarkommen würde. Sie würde Schmerzen haben, und es würde mir wehtun, ihr nicht zu helfen, aber ich konnte nicht nur *irgendein Knoten* für sie sein.

„Im Ernst, Jonas. Du musst mir nicht beweisen, dass du dich unter Kontrolle hast. Das ist schon in Ordnung."

Ich hielt wieder inne und starrte sie an, denn ich hatte genug von dieser verdammten Unterhaltung. „Hier geht es um mehr als nur darum, meine Kontrolle zu beweisen, Omega. Du hast sehr deutlich gemacht, dass du mich nicht willst. Das ist okay für mich. Ich akzeptiere deine Ablehnung. Deshalb werde ich dich nicht verknoten."

Sie errötete. „Ich habe dich nicht abgewiesen", sagte sie kleinlaut.

Ich schüttelte den Kopf und begann wieder zu laufen. Dies musste der längste Kilometer in der Geschichte der Kilometer sein.

„Ich habe dich nicht abgewiesen", wiederholte sie. „Ich habe nur gesagt, dass ich in Kürze läufig werde. Ich werde auf jeden Knoten reagieren. Das ist Biologie, Jonas."

„Richtig", stimmte ich zu. „Irgendein Knoten." Nicht *mein* Knoten. Ihre Wölfin hatte meinen Wolf herausgefordert, und ich hatte diese Herausforderung gewonnen.

Die Frau sah das jedoch anders.

Sie wollte mich nicht. Sie *kannte* mich nicht. Von Beginn unserer Arbeitsbeziehung an hatte sie deutlich gemacht, dass sie nichts mit mir zu tun haben wollte.

Ich wollte *ihn* aus ihrem Kopf ficken, aber jetzt wollte ich meinen Knoten nicht mehr in ihre Nähe bringen, da ich mich weigerte, *irgendein Knoten* zu sein.

Vielleicht hatte mein Ego eine Rolle bei meiner Entscheidung gespielt, oder vielleicht war mein Wolf der Grund, aber so oder so, ich änderte meine Meinung nicht.

Riley war so lange still, dass ich mich fragte, ob sie ohnmächtig geworden war. Aber ein Blick nach unten zeigte mir ihr schönes Gesicht und ihre großen blauen Augen. Sie schaute mich auf eine Weise an, wie sie mich noch nie zuvor angeschaut hatte ... als ob sie endlich begriffen hätte, dass ich ein Mann war.

Ich wandte meinen Blick von ihr ab und konzentrierte mich wieder auf den Wald, denn ich musste sie unbedingt zurück zur Hütte bringen.

Ihr Duft wurde mit jeder Sekunde süßer, ihre Omega-Genetik rief die Bestie in mir auf den Plan. Mein Instinkt, sie für mich zu beanspruchen, riss mich mit, besonders wegen des kleinen Spiels, das ihre Wölfin mit meinem Wolf gespielt hatte.

Ich habe gewonnen, sagte er immer wieder. *Mein.*

Ihre menschliche Hälfte wollte uns nicht.

Plötzlich streiften ihre Fingerspitzen mein stoppeliges Kinn. Instinktiv wich ich ihrer Berührung aus, während mein Wolf in mir knurrte.

Sie zuckte zusammen und zog ihre Hand zurück. „Tut mir leid."

„Teste nicht meine Kontrolle", knirschte ich mit zusammengebissenen Zähnen. „Die Konsequenzen werden dir nicht gefallen." Ich würde sie disziplinieren, nicht verknoten.

Ich sollte sie in ein verdammtes Zimmer sperren, damit sie alleine leidet.

Das hatte ich sowieso vor, aber ich konnte zumindest versuchen, ihr zu helfen, indem ich für sie schnurrte, vorausgesetzt, mein Wolf ließ das zu diesem Zeitpunkt überhaupt noch zu.

„Ich versuche nicht, deine Kontrolle zu testen", schnappte sie zurück. „Ich ... ich wollte dich nur berühren."

„Du hast kein Recht, mich anzufassen, Doc."

Sie stieß ein verärgertes Knurren aus, woraufhin mein Wolf den Kopf hob und aufmerksam wurde. Er mochte dieses Geräusch sehr. „Ich habe dich nicht zurückgewiesen, *Alpha*. Aber ich räume ein, dass ich dich *beleidigt* habe."

Ich konnte nur mit einem Grunzen antworten. Ich wollte dieses Gespräch nicht noch einmal führen.

„Ich wollte dich nicht beleidigen, Jonas."

Eine weitere Aussage, die keiner Antwort würdig war, denn ob sie es nun wollte oder nicht, sie hatte es getan. *Wiederholt*. Monatelang.

Seit einem Jahr.

Ich hatte es toleriert, weil ich es als Herausforderung gesehen hatte. Jetzt verstand ich allerdings, dass es keine Herausforderung war, … sie war eine Omega, die einen Alpha zurückwies.

Ich würde nicht wie mein biologischer Vater sein und mich einer Omega aufdrängen.

Ich war von einem guten Alpha aufgezogen worden. Er war ein V-Clan-Wolf, mit einer Vorliebe für die Nacht und für Blut, aber er war auch ein starker Mann. Ein *ehrenhafter* Alpha.

Er beschützte meine Mutter noch immer und lebte friedlich im Blood-Sektor – so friedlich wie es in dieser turbulenten Zeit möglich war.

Durch seinen Schutz und die Geborgenheit unseres Heims, war es mir möglich, andere Dinge zu erkunden. Ich konnte ein Leben außerhalb des Nestes führen, denn ohne all das hätte ich mich gezwungen gefühlt, zu Hause zu bleiben, um meine Mutter zu schützen.

Keiner von ihnen hatte mir die Geschichte meiner Geburt oder die Ereignisse, die zu ihr geführt hatten, vorenthalten.

Er hatte meine Mutter beansprucht, als ich noch im Mutterleib gewesen war.

Sie hatten nicht gewusst, was es mit mir machen würde.

Ich war voll und ganz ein X-Clan-Alpha.

Wenn man Riley Glauben schenken durfte, bedeutete das, dass ich keine Kontrolle hatte. Vielleicht hatte ich diese „Kraft" von dem Gefährten meiner Mutter übernommen.

„Du bist wirklich wütend", staunte Riley. „Ich glaube, ich habe dich noch nie so wütend gesehen."

Es kostete mich exponentielle Beherrschung, nicht auf diese dumme Bemerkung zu reagieren. Ich wusste wirklich nicht, ob sie mich absichtlich provozieren wollte oder nicht. Es schien über die Monate hinweg, als versuchte sie, mich nur zu verärgern. Warum also sollte es jetzt anders sein?

Sie verstummte wieder und schenkte mir ein paar Minuten glückseliger Stille, bis sie plötzlich an mir rüttelte.

Ich ließ sie fast fallen, als sie ihre Arme um meinen Unterleib schlang und aus ihrer Kehle ein Stöhnen entwich, das sehr schmerzhaft klang.

Sie kniff die Augen zusammen, während sie versuchte, den Schmerz wegzuatmen.

Ein Seufzer blieb mir in der Kehle stecken, denn mein Wolf war sich ihres derzeitigen Zustands wohl bewusst. Sie war noch nicht läufig. Nach ihrem Geruch zu urteilen, würde ich ihr vielleicht zwölf Stunden geben, bevor sie vor Verlangen den Verstand verlor.

Es würde trotzdem eine unangenehme Zeit bis zu diesem Punkt sein und dann würde sie die pure Qual durchleiden, ohne verknotet zu werden.

Ich sollte nicht reagieren. Ich wollte eigentlich nur weitergehen, aber leider zwang mein Wolf ein Schnurren aus meiner Brust, das die zitternde Omega in meinen Armen beruhigen sollte.

Sie beruhigte sich nicht sofort, aber ihre Atmung veränderte sich merklich.

Ich stand ganz still, weil ich Angst hatte, dass sie plötzlich wieder zusammenfahren könnte.

Aber sie kuschelte sich nur an meine Brust, als ob sie versuchen würde, sich in die Quelle meines Schnurrens hineinzugraben.

Mit einem Seufzer erhöhte ich die Intensität und ließ zu, dass es sie tröstete.

Das veranlasste sie, sich noch enger an mich zu kuscheln. „Danke", flüsterte sie.

Anstatt zu antworten, ging ich weiter.

Erst als wir die Hütte erreichten, sagte sie: „Ich habe noch nie einen Alpha für mich schnurren lassen." Sie sprach die Worte so leise aus, dass ich sie fast nicht hörte. „Ich bin auch noch nie verknotet worden."

Ihre Geständnisse überraschten mich nicht. Der Zyklus war in der Regel mit einem Knoten verbunden, was viel über ihr Zögern erklärte, wenn es um Alphas ging.

Ich hatte das mit der Kontrolle ernst gemeint – es gab Alphas, die ihre Triebe kontrollieren konnten und ich war einer von ihnen.

Ihre *Beleidigungen* hatten natürlich dazu beigetragen, denn während mein Körper bereit war sie zu nehmen, sagte mein Verstand *auf gar keinen Fall.*

Sie schmuste weiter mit mir, während ich zu der Hütte ging, die ich zuvor als die mit den meisten Vorräten identifiziert hatte. Sie hatte auch eine stabile Außentür, die nützlich sein würde, um Eindringlinge auszusperren. Die offenen Fenster würden ein Problem darstellen, aber das würde ich beheben.

Ich musste auch nach dem Generator draußen

schauen, um zu sehen, ob ich unsere Energieversorgung sicherstellen konnte. Nach dem, was ich gesehen hatte, schien es sich um Solarzellen zu handeln, das hieß, es könnte tatsächlich etwas Strom vorhanden sein.

Mit meinem Stiefel stieß ich die Tür auf und meine Ohren waren wieder auf alles um uns herum eingestellt, aber es war genauso still wie zuvor. Meine Nase nahm nur Rileys süßen Duft wahr und sonst nichts.

Eine vollständige Durchsuchung der Umgebung würde bald wieder notwendig sein, denn es bestand die Möglichkeit, dass der Omega-Duft alle potenziellen Bedrohungen ausblendete.

Je schneller ich mich von ihr entfernte, desto besser.

Ich trug sie also in die Hütte und die Treppe hinauf in eines der beiden Schlafzimmer und legte sie auf das Bett.

„Es gibt kein fließendes Wasser, aber hinten in der Nähe des Generators gibt es eine Brunnenpumpe. Ich werde mal sehen, was ich tun kann. Im Schrank gibt es eine Auswahl an Kleidung und unten gibt es ein paar Konserven." Ich ging nicht weiter darauf ein, sondern drehte mich um, um zu gehen.

„Jonas", rief sie.

Ich hielt an der Schwelle inne, blickte aber nicht zu ihr zurück. „Ja?"

„Ich habe wirklich nichts gegen dich", sagte sie und wiederholte ihre Worte von vorhin. „Es tut mir leid, dass ich immer unhöflich war und dass ich dich nicht respektiert habe."

Mein Kiefer zuckte, als ich überlegte, was ich dazu sagen sollte, und obwohl ich die Entschuldigung zu schätzen wusste, war ich mir nicht sicher, ob ich sie akzeptierte.

Nach allem, was ich bisher mit ihr erlebt hatte, nahm ich an, sie wollte nur sehen, ob sie mich dazu bringen konnte, die Kontrolle zu verlieren und sie zu verknoten, nur um es später gegen mich zu verwenden.

Es wäre so typisch für sie, so etwas zu versuchen.

Anstatt zu antworten, nickte ich nur knapp und bog links ab.

Ich hatte eine Hütte zu sichern und eine Omega zu schützen. Das war im Moment das Wichtigste. Und beides konnte ich nur erreichen, wenn ich sie in diesem Raum verließ und aufhörte zu reden.

Sie konnte eine Zeit lang auf sich selbst aufpassen, während ich mich um alles andere kümmerte.

KAPITEL 8
RILEY

Irgendwo in North Carolina

FRUSTRIERT GING ich in der Küche auf und ab.

Mein Frust hatte nichts mit dem Nahrungsangebot zu tun – ich hatte mit minimaleren Vorräten gerechnet – sondern mit Jonas' fortdauernder Abwesenheit.

Er hatte mich schon vor *Stunden* zurückgelassen. Es war jetzt komplett dunkel draußen. Ich konnte nur dank meiner geschärften Wolfssinne sehen. Dieselben Sinne gingen mit einem verbesserten Geruchssinn und Gehör einher, und ich konnte Jonas weder riechen noch hören.

Er war verschwunden.

Als ich vor dreißig Minuten nach draußen gegangen war, hatte ich nur eine leichte Spur seines Geruchs wahrnehmen können, was darauf hindeutete, dass er sich schon vor einer Weile davongemacht hatte.

Wohin? Was hat er vor? Will er mich bestrafen? Ist das seine Art der Kontrolle, einer läufigen Omega zu entkommen?

Seine Wut war spürbar gewesen. Ich wusste, dass ich eine Grenze überschritten hatte, aber ich hatte nicht

91

erkannt, wie wütend er war, bis ich ihm direkt in die Augen sah.

Trotzdem hatte er für mich geschnurrt.

Selbst als er wütend war, hatte er sich um mich gekümmert.

Weil er sich immer um mich gekümmert hat, erkannte ich. Schon bevor er wusste, dass ich eine Omega bin, war er da, hatte mich beschützt und sich um meine Bedürfnisse gekümmert.

Es war seine Aufgabe, dies zu tun, aber er hatte es auf eine andere Ebene gehoben. Er hatte mich behandelt, als ob ich *ihm* gehören würde.

Das war auch ein Grund, warum ich ihm gegenüber so feindselig gewesen war. Ich wollte nicht von einem Alpha besessen, beansprucht oder umsorgt werden.

Ich wollte meine Freiheit.

Jonas hatte sie mir auf einem Silbertablett serviert.

,*Ich werde dich nicht verknoten, Omega*', hatte er gesagt.

Ich dachte, er mache Witze. Welcher Alpha konnte einer läufigen Omega widerstehen?

Aber die Art und Weise, wie er zurückgezuckt war, als ich versucht hatte, ihn zu berühren – etwas, das ich mehr unbewusst als bewusst getan hatte – hatte Bände über seine Ernsthaftigkeit gesprochen.

Er wollte mich wirklich nicht verknoten.

Sein Körper war definitiv bereit gewesen, und er hatte sogar gesagt, dass er kurz davor war, mich zu verknoten, aber alles hatte sich in dem Moment geändert, als er mich am Ufer zurückgelassen hatte.

Bis zu diesem Zeitpunkt hatte er gedacht, meine Wölfin wollte seinen Wolf.

Das war der Moment, an dem er mich verknoten wollte.

Ich hatte reagiert, weil meine Wölfin seinen begehrte.

Ich hatte es gehasst, wie schwach ich mich dadurch fühlte, und ich hatte auf die schlimmste Weise zurückgeschlagen – indem ich sein Alpha-Ego verletzt hatte.

Dieser Ärger schien jedoch viel tiefer zu gehen.

Er hatte behauptet, ich hätte ihn zurückgewiesen. Ich hatte ihn korrigiert, aber es hatte nichts gebracht.

Die Wahrheit war, dass ich ihn wirklich zurückgewiesen hatte. *Monatelang.* Ich hatte mich ihm gegenüber wie eine Göre verhalten, weil ich nicht erkannt hatte, was ich wirklich für ihn empfand.

Ich hatte keine Beziehung mit dem Alpha gewollt, der meine Omega provoziert hatte, und infolgedessen war ich unhöflich, grausam und geradezu *gemein* gewesen.

Also ja, ... ich hatte ihn zurückgewiesen.

Mehrfach.

Ich hatte das alles getan, um der Wahrheit zu entgehen ... der Tatsache, dass ich ihn wirklich wollte.

Gute Arbeit, Riley, dachte ich und rollte mit den Augen.

Das Positive an der Situation war, dass ich mir keine Sorgen machen musste, dass er mich für sich beanspruchen würde, aber jetzt wollte ich irgendwie, dass er mich beansprucht, denn er war wirklich ein würdiger Gefährte.

Er hatte sich als anders als jeder andere Alpha erwiesen, dem ich je begegnet war, und ich hatte ihn aufgrund meiner Vergangenheit verjagt, während ich die Gegenwart und die Zukunft, die direkt vor mir lagen, ignoriert hatte.

Ich stützte meine Unterarme auf den Küchentresen und beugte mich vor, um meine Stirn auf die Marmoroberfläche zu drücken. Sie war nicht kühl, sondern warm, genau wie die ganze verdammte Hütte.

Wegen der Hitze hatte ich ein dünnes Sommerkleid aus dem Kleiderschrank der Besitzer gewählt, sonst nichts. Es hatte dünne Träger, einen tiefen Ausschnitt und ging bis zur Mitte meiner Oberschenkel.

Ich war mir ziemlich sicher, dass es für ein Kind gedacht war, aber ich war einhundertsiebzig Zentimeter groß und brauchte als Omega kleinere Größen.

Ein leises Knurren entkam mir, und meine Verärgerung flammte wieder auf. Ich war so unhöflich zu Jonas gewesen, wegen etwas, das nicht seine Schuld war und das keiner von uns beiden ändern konnte. Es war etwas, vor dem ich mein ganzes Leben lang Angst gehabt hatte.

,Du weißt gar nichts über mich, Dr. Campbell. Du hast nie versucht, mich kennenzulernen', hatte er zu mir gesagt.

Jonas hatte recht.

Und gleichzeitig auch nicht.

Ich wusste nicht viel über ihn, aber trotzdem genug. Er war ein Mann der wenigen Worte, der hauptsächlich durch seine Taten zeigte, was er fühlte.

Durch sein Verhalten hatte er bewiesen, dass er ein guter Alpha war.

Nicht ein einziges Mal hatte er mich gezwungen, mich seinem Willen zu beugen. Er hatte mich auch nie in die Schranken gewiesen, obwohl er dies bei zahlreichen Gelegenheiten hätte tun können. Er war immer herzlich und geradezu *geduldig.*

,Eines Tages wird er dich vorn überbeugen und den Ungehorsam aus dir herausficken', hatte Kieran einmal gescherzt, nachdem ich Jonas nicht gerade höflich aus dem Zimmer geschickt hatte. ,Und du wirst jede Minute davon genießen', hatte er gesagt. Ich hatte alles von mir gewiesen. ,Wir wissen beide, dass das nie passieren wird.'

,Ganz im Gegenteil, *Darling*.' Kieran hatte seinen Kopf an mein Ohr geführt und hinzugefügt: ,*Du* bist die Einzige, die glaubt, dass das nie passieren wird. Eines

Tages wird er herausfinden, was du verheimlichst. Warte nur ab.'

Nun, jetzt weiß er es, antwortete ich, obwohl Kieran mich nicht hören konnte.

Irgendwie wünschte ich mir, er könnte es, dann würde er mir eine Lösung für dieses Chaos anbieten.

Seine Lösung wäre allerdings, dass mich Jonas verknotet.

Verdammt, er würde wahrscheinlich sogar dafür plädieren, dass mich Jonas für sich beansprucht.

‚Er ist im Blood-Sektor aufgewachsen', hatte Kieran einmal gesagt. ‚Ich kenne ihn nicht gut, aber Lorcan schon. Sie sind beide ziemlich ruhig.'

Ich hatte Lorcan ein paar Mal getroffen. Er war einer von Kierans Elite-Bodyguards und verdammt furchterregend.

Das ist Jonas nicht unähnlich, um genau zu sein, denn Jonas hatte auch diese grüblerische, furchteinflößende Eigenart an sich. Im Gegensatz zu Lorcan hatte Jonas jedoch versucht, in meiner Gegenwart etwas zugänglicher zu wirken. Er hatte oft versucht, mich in ein höfliches Gespräch zu verwickeln.

Jedes Mal habe ich ihn *zurückgewiesen*.

Ich bin ein schrecklicher Mensch, dachte ich. *Urgh*.

Ich hatte eine Strafe verdient.

Ich hatte es verdient, zurückgelassen zu werden, alleine und gezwungen zu sein, meine Hitze ohne die Berührung eines Alphas zu durchleben.

Es wäre nicht das erste Mal.

Es würde auch nicht das letzte Mal gewesen sein.

Ich hatte mir dieses Leben in Einsamkeit ausgesucht und nie ein Nest, ein Kind oder einen Gefährten gewollt.

Der richtige Alpha hat nie mein Interesse geweckt.

Bis ich Jonas getroffen habe.

Deshalb hatte ich ihn weggestoßen. Mein Verlangen nach ihm hatte mir Angst gemacht und ich stellte alles infrage. Meine Wölfin lief ängstlich in mir auf und ab. Sie wollte ihn. Selbst jetzt drängte sie mich, mich zu verwandeln und ihn zu jagen, weil sie beansprucht werden wollte. Sie wollte sein Schnurren. Seine Berührung. Seinen *Knoten.*

Wie viel von diesem Verlangen ist eine Folge der Hitze?, fragte ich mich. *Bin das wirklich ich?*

Ich musste zugeben, dass ich mich vom ersten Tag an zu Jonas hingezogen gefühlt hatte, als wir uns begegnet waren. Es war schwer, sein markantes Gesicht, sein dichtes blondes Haar und seine muskulöse Gestalt zu ignorieren.

Er war der Inbegriff des Alphamännchens.

Ein Exemplar, das dazu bestimmt war, von meinen Händen und meiner Zunge verehrt zu werden.

Diese Anziehungskraft ging tiefer als Lust. Sie erfüllte meine Seele.

Ich hatte nur nie verstanden, wie oder warum das passierte, weil die Wölfe des X-Clans keine Magie zur Partnerwahl hatten. Wir wählten unsere Gefährten selbst.

Ich hatte mich entschieden, keinen Alpha zum Gefährten zu nehmen.

Verdammt, ich hatte diesen Instinkt unterdrückt, doch das hatte meine Wölfin nicht davon abgehalten, aufzustehen und aufmerksam zu werden.

Ich dachte, es läge einfach daran, dass Jonas ein X-Clan-Alpha war, aber ich hatte noch nie einen Mann so begehrt wie Jonas.

Ich fand viele Alphas hübsch, aber Jonas war etwas ganz anderes.

Bewundernswert war seine unerschütterliche Kontrolle, seine unbestechliche Ruhe und seine unerklärliche Geduld. Es machte ihn noch begehrenswerter, genau wie seine Zurückhaltung heute Abend. Ich mochte seine Fähigkeit, seinen Instinkt zu nutzen oder die Art und Weise, wie er mich getragen und für mich geschnurrt hatte, obwohl er wütend auf mich war.

Er war das, was ein Alpha sein sollte. Ehrenhaft.

Ich sollte ihn suchen und mich entschuldigen, beschloss ich und richtet mich auf.

Ich hatte ein wenig gegessen, nachdem er gegangen war – nur etwas aus einer Dose und alte Cracker. Es war nicht viel, aber genug, um mir ein wenig Energie zu geben.

Mein Inneres war immer noch in Aufruhr. Ich bekam immer wieder Krämpfe, die mich – länger als mir lieb war – ziemlich hilflos machten.

Ich hatte seit etwa dreißig Minuten keine mehr, was bedeutete, dass ein weiterer Schub unmittelbar bevorstand.

Ich wollte diese Schmerzen hier draußen nicht alleine ertragen. Es waren zwar keine Infizierten in der Nähe, aber ein Richtungswechsel des Windes reichte aus, um das zu ändern und dann würde ich zum Mittagessen für eine Horde hungernder infizierter Menschen werden.

Die Krankheit hatte viele von ihnen vor Hunger in die Gedankenlosigkeit getrieben … es ging ihnen schlechter, aber sie starben nicht. Die Krankheit entwickelte sich weiter, um den Wirt am Leben zu erhalten, wie ein lebendiger Zombie.

Es war beunruhigend.

Das war auch eines der Probleme, auf die wir während unserer Forschung gestoßen waren – die Infektion war oftmals zu weit fortgeschritten, um die Menschen zu retten.

Es war grausam, sie ab einem bestimmten Punkt am Leben zu erhalten, und dieser Punkt trat nicht lange nach ihrer ersten Infektion ein.

Ich ließ die Schultern sacken und ließ mich auf einen Stuhl in der Küche plumpsen.

Ich hatte so lange nach einer Lösung gesucht, solange *gehofft*, einen Weg zu finden, die Menschheit zu retten, aber es wurde jeden Tag klarer, dass ich versagt hatte.

Vielleicht war es mir gegenüber nicht fair, aber ich fühlte mich trotzdem wie eine Versagerin und verachtete dieses Gefühl.

Das machte die Situation mit Jonas noch schlimmer, weil ich auch bei ihm versagt hatte.

„Eine Portion Mitleid, bitte", murmelte ich am Tisch. Er war klein und es stand nur ein weiterer Stuhl daran.

Ein Stuhl, auf dem Jonas sitzen sollte.

Nein, nicht wirklich.

Jonas sollte mich gerade oben in einem Bett ficken. Meine Wölfin schnaubte in mir und stimmte dem Gedanken offensichtlich zu, aber dieses Schnauben verwandelte sich schnell in Verärgerung – über mich selbst. *Ich* war der Grund dafür, dass unser Wunschgefährte gegangen war.

Ich drückte meine Hand gegen meinen Bauch und wünschte mir, dass mich bald der nächste Krampf treffen würde, damit ich Jonas suchen konnte.

Natürlich kam der Schmerz nicht, aber ich wusste, dass in der Sekunde, in der ich diese Hütte verlassen würde, meine Krämpfe wieder einsetzen und mich in die Knie zwingen würden.

Also sitze ich hier erst einmal fest.

Ich ließ meine Stirn auf den Tisch sinken, so wie ich es schon auf dem Tresen getan hatte, und schnaufte verärgert.

Ich kann nicht nur auf diesem Stuhl herumsitzen, dachte ich.

Zumindest musste ich mich vorbereiten, wenn Jonas mich hier wirklich alleingelassen hatte. Ich musste eine

Barrikade errichten oder eine richtige Höhle, denn in ein paar Stunden würde ich vor lauter Not den Verstand verlieren und nicht mehr in der Lage sein, mich zu schützen.

Jonas sagte, er würde mich beschützen, dachte ich. *Ist ihm da draußen etwas zugestoßen? Hat er seine Meinung geändert? Will er mich bestrafen?*

Letzteres hatte ich bereits in Erwägung gezogen und hatte mich gefragt, ob er vielleicht weggegangen war, um seinen Trieb unter Kontrolle zu bekommen. Vorhin schien er sich jedoch vollkommen unter Kontrolle zu haben.

Entweder war ihm also etwas zugestoßen – was angesichts seiner Fähigkeiten und seines Wissens zu bezweifeln war – oder er hatte beschlossen, mich zu bestrafen.

Das bedeutet, er war nicht weit weg … vielleicht gerade weit genug, damit ich seine Anwesenheit nicht spüren konnte.

Wahrscheinlich suchte er die Umgebung nach möglichen Bedrohungen ab, um sicherzustellen, dass es mir gut ging, aber hatte beschlossen, dass ich meine Hitze alleine durchstehen musste.

Arschloch, murrte ich, aber noch während ich darüber nachdachte, wurde mir klar, dass er überhaupt kein Arschloch war. Er gab mir, was ich wollte.

Das bedeutete, dass *ich* diejenige war, die sich selbst bestrafte.

Wie passend, erkannte ich.

Ich stand wieder auf und begann auf und ab zu gehen.

Ich würde mehr Bettwäsche brauchen, Wasser und vielleicht eine Leine. Ohne Fesseln würde ich wahrscheinlich das Haus verlassen, um Jonas, einen anderen Alpha oder etwas anderes zu finden, was mich ficken könnte.

Deshalb hasse ich es, eine Omega zu sein.

Anstatt herumzusitzen und darüber zu grübeln, musste ich mich darauf vorbereiten.

Ich war eine renommierte Ärztin für Infektionskrankheiten und konnte mit einem simplen Zyklus umgehen.

Ich musste nur die richtigen Materialien finden und mich in einem Raum verbarrikadieren.

Ich hatte das alles schon im Griff.

KAPITEL 9
RILEY

IRGENDWO IN NORTH CAROLINA

ICH HATTE es definitiv nicht im Griff.

Ich werde sterben, denn ich fühle mich, als stünde ich in Flammen.

Ich rollte mich im Schrank zu einer Kugel zusammen und zitterte trotz der Wärme, die mich umgab.

Ich hatte diesen beengten Raum als Nest gewählt, weil ich mich dort sicher fühlte … zumindest anfangs. Als mein Inneres weiter von einem Beben erschüttert wurde, wurde ich allerdings unruhig und klaustrophobisch.

Ein leises Quäken entschlüpfte meiner Kehle, meine Wölfin bettelte um Erleichterung, nicht unbedingt Sex, nur um *irgendetwas*. Sogar ein paar Eiswürfel würden ausreichen.

Es war so verdammt heiß.

Erstickend.

Einsam.

Das war der Weg, den ich gewählt hatte … der Weg, den ich verdiente.

Eine Träne verriet meine Traurigkeit, was mich dazu brachte, knurren zu wollen. *Ich bin nicht dieses erbärmliche Wesen. Ich bin Dr. Riley Campbell. Ich brauche keinen Alpha. Ich brauche niemanden.*

Das hielt mich aber nicht davon ab, mich nach Gesellschaft zu sehnen, und zwar nicht irgendeiner Gesellschaft, sondern der von Jonas.

Ich atmete tief durch und sehnte mich nach seinem waldigen Duft, nach seinem angeborenen Bedürfnis zu beschützen und seiner starken Präsenz.

Er war monatelang in meiner Nähe gewesen, hatte mich immer angestarrt, mich immer bewacht. Ich hatte ihn für selbstverständlich gehalten und es schien nur passend, dass er mich in meiner größten Not mir selbst überlassen hatte.

Ich hatte ihn nie respektiert.

Ich hatte mich auch nie richtig bei ihm bedankt.

Nie war ich besonders nett zu ihm gewesen.

Meine Knie berührten meine Brust und das Sommerkleid klebte an meiner Haut. Ich wimmerte wieder, denn die Feuchtigkeit zwischen meinen Beinen war klebrig und *heiß*.

So heiß.

Ich schluckte, meine Kehle war wie ausgedörrt. Ich hatte nicht viel zu trinken finden können und Jonas hatte erwähnt, dass es kein fließendes Wasser gab.

Das wird eine lange Woche werden.

Zum Glück waren Wölfe widerstandsfähig. Ich konnte mit wenig bis gar keiner Nahrung überleben. Das würde mich zwar stark schwächen, aber solange ich überlebte, sollte ich es bis nach Fort Bragg schaffen können.

Vorausgesetzt, Jonas lässt mich hier nicht zum Sterben zurück, dachte ich griesgrämig.

Nein, das war nicht fair. Er hatte sich als ehrenhaft

erwiesen. Er war vielleicht wütend auf mich, aber er würde mich nicht einfach meinem Schicksal überlassen.

Das ist nur eine Strafe.

Ein Weg, mich in die Schranken zu weisen.

Er ist ein Alpha und Alphas tun so etwas.

Ich umklammerte meine Knie so fest ich konnte und versuchte verzweifelt, das Zittern zu stoppen. Aber das machte alles nur noch schlimmer.

„Riley?" Jonas' tiefe Stimme erfüllte meine Gedanken, als käme sie aus den Tiefen der Nacht.

War das Einbildung?

Wunschdenken?

Oder war es ein Fiebertraum?

„Riley?", ertönte die Stimme erneut, und meine Wölfin wimmerte ein wenig, um nach ihrem Wunschgefährten zu rufen.

Es ist nicht real, sagte ich ihr. *Das ist unser Verstand, der uns einen Streich spielt.*

Ich hatte das schon einmal während einer Hitze erlebt. Na ja, nicht genau *das.* Während meines letzten vollen Zyklus hatte ich Jonas noch nicht gekannt, aber ich verstand, dass mein Gehirn in diesen rauschhaften Momenten Fantasien entwickelte.

Ich hatte mich einmal von einem Beta ficken lassen, während ich mir einbildete, er sei ein Alpha. Ich hatte mir vorgestellt, er hätte einen Knoten, obwohl er gar keinen hatte.

Es war unerträglich gewesen.

Seitdem hatte ich mich während meiner Paarungszeit nicht mehr von einem Beta nehmen lassen.

Nur ein Alpha konnte eine Omega während ihres Zyklus wirklich befriedigen.

Mein auserwählter Alpha hatte jetzt einen Namen.

„*Jonas.*" Allein das laute Aussprechen dieses Namens ließ

mich erschaudern ... und das war erst der Anfang der Hysterie.

Ich atmete ein, sein Duft hüllte mich in ein Meer der Glückseligkeit, von dem ich wusste, dass es mich im nächsten Atemzug ertränken würde.

Es ist nicht real, wiederholte ich. *Er hat mich verlassen. Er hat mich hier zurückgelassen. Er bestraft mich.*

Leise Geräusche durchbrachen meine Einsamkeit. Meine Wölfin hob interessiert den Kopf, und meine Nase zuckte, als mich Jonas' Duft erneut umhüllte.

Gott, das riecht echt.

Ich konnte fast hören, wie er sich im Haus bewegte.

Seine Stiefel auf der Treppe.

Mein Name auf seinen Lippen.

Seine Hand auf dem Türknauf des Schranks.

Ich schloss meine Augen und stellte mir vor, wie er aussehen würde. *Seine eisblauen Augen in der Nacht. Sein Haar, das in wilden Wellen um sein Gesicht fällt. Sein stoppeliges Kinn und der zusammengebissene Kiefer. Seine Hände, die nach mir griffen ...*

„Riley." Seine Stimme glich einem Flüstern.

Verblasste.

Verließ mich.

Verwandelte sich in eine ...

Seine Fingerknöchel berührten meine Wange.

Und sein Schnurren ...

Oh, Luna, sein Schnurren ist das schönste Geräusch, das es gibt. So warm und beruhigend. So perfekt.

Ich lehnte mich in seine Berührung, verloren in diesem Traum, verloren in *ihm.*

Das Grollen nahm zu und er legte seine Hand um meinen Nacken und gab mir die Dominanz, nach der sich meine Wölfin sehnte.

Ich seufzte. „Jonas."

„Ich bin hier."

„Das bist du nicht", flüsterte ich. „Aber das ist okay. Ich verstehe das."

„Nein, Riley. Ich bin genau hier." Er legte ein kleines Knurren in seinen Tonfall, das sein Schnurren unterbrach.

Ich runzelte die Stirn und öffnete die Augen einen kleinen Spalt breit. Ich erwartete, dass der Traum enden würde, aber das tat er nicht. Stattdessen raubte mir sein besorgter Gesichtsausdruck den Atem. „Jonas."

„Ja." Er massierte mir den Nacken und ließ mich los. „Ich musste etwas besorgen, um den Generator und die Pumpe zum Laufen zu bringen. Jetzt läuft alles. Wir sollten bald Wasser haben."

Er hockte vor mir, sah aber so aus, als würde er gleich wieder aufstehen wollen.

Ich stürzte mich auf ihn, um ihn in meiner Nähe zu halten, aus Angst, dass er mich wieder verlassen würde. Ich hatte Angst, dass er *verschwinden* könnte.

„Du bist echt", staunte ich und vergrub meine Nase in seinem Nacken. „Oh, Luna, du bist *echt*." Ich konnte nicht aufhören zu zittern, und mein Bedürfnis, mich an ihn zu klammern, setzte alle meine Gedanken und meine Vernunft außer Kraft.

Das lag nicht an meiner Hitze.

Vielleicht lag es aber auch ein bisschen an meiner Hitze, ich wusste es nicht.

Ich wusste einfach, dass ich *ihn* brauchte, nicht seinen Knoten, sondern den Mann. „*Jonas.*"

„Hey", murmelte er und legte seine Arme um mich. „Es ist okay, Doc. Ich bin ja da."

Ich schüttelte den Kopf. „Du bist gegangen."

„Um Vorräte zu holen."

„Um mich zu bestrafen", sagte ich, ohne ihm zuzuhören. „Du bist gegangen, um mich zu bestrafen. Ich habe es verdient. Ich war ... ich war unhöflich ...

unhöflich und respektlos. Es tut mir leid. Ich … Ich … ich habe versucht, dich wegzustoßen. Ich wollte dich nicht *wollen*, aber meine Wölfin … Meine Wölfin … Ich musste so viele Unterdrückungsmittel nehmen, um all *das* zu vermeiden, *um dich wegzustoßen*. Ich … Ich …" Ich war mir nicht sicher, was ich noch sagen sollte.

Es gab so viel, wofür ich mich entschuldigen musste.

Ich wollte nur, dass er bleibt.

„Bitte bleib", flüsterte ich. „Ich weiß, dass ich es nicht verdiene, oder dich. Aber … aber ich brauche dich." Es war viel, was ich zugab, und doch nicht annähernd genug. „Es tut mir leid, dass ich dich beleidigt habe. Alles. Ich wollte dich nur irritieren, so wie du mich aus dem Konzept gebracht hast."

Ich atmete tief ein und ertränkte mich mit seinem vertrauten Duft. Seiner Stärke. Seiner *Anwesenheit.*

Unser, schien meine Wölfin zu schnurren. *Dieser Alpha ist unser.*

Ich wünschte, das wäre wahr, dachte ich. *Aber er ist nicht unser.*

„Ich bringe dich aus dem Konzept?", fragte er leise.

„Nicht absichtlich", murmelte ich an seinem Hals. „Du machst mich verrückt, weil meine Wölfin dich will, mehr als sie jemals einen anderen Wolf gewollt hat. Deshalb versagte das Unterdrückungsmittel immer wieder. Ich muss ständig ihre Triebe unterdrücken und das … hat mich so wütend gemacht … auf dich."

„Weil deine Wölfin mich will."

„Und ich", flüsterte ich. „I-ich will nicht beansprucht werden. Ich will keinen Alpha, der mir sagt, was ich zu tun habe. Ich will frei sein. Aber du … du hast mich dazu gebracht, andere Wege in Betracht zu ziehen. Ich will keine anderen Wege in Betracht ziehen, Jonas. Ich will mein Leben. Meine eigenen *Entscheidungen*."

„Und du glaubst, die Paarung mit einem Alpha wird dir diese Möglichkeiten nehmen?"

„Ich will keine Welpen, zumindest jetzt noch nicht. Alphas bringen Omegas einfach in Nester und zwingen sie zur Fortpflanzung."

„Manche tun das", stimmte er zu, während er mit seiner Hand an meinem Rücken auf und ab strich.

„Aber nicht alle Alphas tun das, Riley."

Ich schüttelte den Kopf. „Alle Alphas, die ich kenne, tun das."

„Ich nicht", antwortete er. „Das tue ich nicht."

„Du bist noch nicht gepaart", warf ich dazwischen.

„Aus freien Stücken", sagte er und klang frustriert. „Du hast mich nie nach meiner Vergangenheit gefragt oder warum ich bestimmte Entscheidungen treffe. Zum Beispiel, warum ich dich beschütze, anstatt einen Clan zu übernehmen."

Ich runzelte die Stirn. „Warum beschützt du mich?"

„Weil ich lieber allein bin", sagte er. „Ich beschütze gerne andere. Das liegt in meiner Natur, aber ich habe noch nie ein Rudel gefunden, dem ich mich anschließen wollte, und ich habe auch noch nie daran gedacht, eine Omega zu finden."

„Aber du hast gesagt, du würdest mich verknoten."

„Weil *du* es bist, Riley."

„Weil du erkannt hast, dass ich eine Omega bin", schlussfolgerte ich.

„Nein." Wieder legte er seine Hand um meinen Nacken und diesmal nutzte er den Griff, um mich zurückzuziehen und auf mich hinunterzustarren. „Ich will dich schon seit Monaten, selbst als ich dachte, du wärst eine Beta."

„Warum?"

Er zuckte mit den Schultern. „Deine Entschlossenheit.

Deine Intelligenz. Deine kämpferische Einstellung. Deine Hingabe für eine gute Sache. Einfach alles an dir zieht mich an."

Ich starrte ihn an.

„Mein Wolf hat wahrscheinlich deine Omega-Natur gewittert", fuhr er fort. „Aber der Mann … *ich* wollte dich schon immer, unabhängig von deiner Natur."

„Aber ein Alpha braucht eine Omega. Wenn ich eine Beta wäre, wäre es zwischen uns nur vorübergehend gewesen."

„Du verallgemeinerst sehr viel", murmelte er. „Wir sind nicht alle aus dem gleichen Holz geschnitzt."

Ich verengte meine Augen zu Schlitzen. „Ich weiß, dass es verschiedene Typen von Alphas gibt, Jonas."

„Ich spreche nicht von *Typen*, Doc. Ich spreche von Persönlichkeiten und Begierden. Nicht alle Alphas sehnen sich nach den gleichen Dingen im Leben. Vielleicht will ich auch noch keine Kinder. Hast du das überhaupt in Betracht gezogen?"

„Nein", gab ich zu. „Aber …"

„Aber?", drängte er.

„Aber ich habe nie gefragt", flüsterte ich. „Ich habe nur …"

„Voreilige Schlüsse gezogen?", schlug er vor, und sein Gesichtsausdruck wurde ein wenig weicher. „Du hast eine Menge Annahmen über mich angestellt."

Er bewegte sich und meine Arme schlossen sich fester um seinen Hals. Mein Instinkt zwang mich, ihn an mich zu drücken.

„Bitte geh nicht …"

Er hob mich in seinen Armen vom Boden und unterbrach mich. Ich wollte ihn anflehen, dass er mich nicht verlassen sollte, aber von ihm getragen zu werden war auch in Ordnung. Sofort drückte ich meine Nase wieder in seine Halsbeuge, atmete tief ein und summte zufrieden, umgeben von seinem holzigen Duft.

Er schnurrte, und ich schmolz förmlich an ihm dahin. „Ich liebe dieses Geräusch", vertraute ich ihm an. „Ich fühle mich bei dir sicher."

„Du bist in Sicherheit", versprach er. „Ich werde nie zulassen, dass dir etwas zustößt, Doc."

„*Riley*", korrigierte ich ihn. „Bitte nenn mich Riley."

„Riley", wiederholte er leise, seine Lippen nahe meinem Ohr. „Ich habe dir ein Bad eingelassen. Das Wasser kommt aus dem Brunnen, aber in der Hütte ist ein Filter eingebaut, der das Wasser reinigt. Das war eines der Dinge, die ich draußen reparieren musste."

„Ein Bad?", wiederholte ich.

„Das hilft gegen die Hitzewallungen. Das Wasser ist nicht kalt, aber es ist kühl." Er trug mich in das Badezimmer, das an das andere Zimmer angrenzte. Ich hatte mich im Inneren der Hütte nicht viel umgesehen und mich nur darauf konzentriert, ein sicheres Versteck zu finden. Ich war durch meine Krämpfe und die aufkommende Einsamkeit abgelenkt worden.

Seine Anwesenheit beruhigte mich aber wieder. *Und sein Schnurren.*

Jonas setzte mich im Bad ab. „Du kannst …"

„Verlass mich nicht", warf ich ein und drückte ihn mit aller Kraft, die mir noch blieb, an mich. „Bitte verlass mich nicht." Seine Anwesenheit half mir, mich halbwegs gut zu fühlen. Er erdete mich. Er machte mich *menschlich*.

„Du musst etwas Wasser trinken, Riley. Ich habe die Flaschen unten gelassen."

Meine Kehle schrie zustimmend auf, aber meine Arme folgten ihrer eigenen Agenda. Ich hatte mich noch nie in meinem Leben so bedürftig gefühlt und das hatte nichts mit seinem Knoten oder mit *ihm* zu tun.

Jonas betrachtete mich einen weiteren Moment lang. „In Ordnung." Er lockerte seinen Griff und drückte mich an sich, als wir das Badezimmer verließen und durch den Schlafbereich zur Treppe gingen. Sein Schnurren hüllte mich ein, als wir hinunterstiegen. Unten in der Küche angekommen bückte er sich, um eine Flasche mit Wasser aufzuheben und reichte sie mir. „Trink das."

Das war ein Befehl, den ich nicht ablehnen wollte.

Ich schraubte den Deckel ab und verschlang den Inhalt, woraufhin ich nach den ersten Schlucken sofort vor Erleichterung aufseufzte.

Als ich sie ausgetrunken hatte, hoben sich seine Lippen ein wenig vor Belustigung.

„Was?"

„Es ist einfach schön zu sehen, dass du einmal einem Befehl gehorchst", sagte er, nahm mir die leere Flasche aus der Hand und gab mir eine neue.

Es gab eine Menge schnippischer Dinge, die ich dazu sagen konnte, aber ich war zu durstig, um einen Kommentar abzugeben. Also trank ich die neue Flasche zur Hälfte aus, bevor ich mich wieder auf seine Worte konzentrierte. Und alles, was mir zur Antwort einfiel, war: „Danke".

„Gern geschehen." Er beugte sich vor, um sich eine weitere Flasche Wasser zu schnappen. „Willst du mehr?"

Ich nickte.

Er gab mir insgesamt vier, einschließlich der geöffneten, und ging dann wieder in Richtung Treppe.

„Wir haben jetzt Strom", informierte er mich. „Aber ich lasse das Licht aus, damit wir in der Nacht nicht auffallen. Außerdem habe ich die Türen verbarrikadiert und einige Holzlatten über die Fenster im Erdgeschoss genagelt."

Ich runzelte die Stirn. „Wann?"

„Innerhalb der letzten Stunde."

„Aber du warst weg."

„Davor, ja. Aber ich kam zurück. Ich dachte, du würdest hier oben ein Nickerchen machen und dich nicht in einem Schrank verstecken."

„I-ich brauchte einen sicheren Ort."

„Du bist in Sicherheit", versprach er mir, als wir wieder den oberen Treppenabsatz erreichten. „Ich werde nicht zulassen, dass dir etwas zustößt, Riley." Es waren dieselben Worte, die er vor wenigen Minuten gesprochen hatte, aber sie bedeuteten jetzt so viel mehr, da er meinen Namen nutzte.

Ich vergrub mein Gesicht wieder in seiner Halsbeuge. „Ich habe deine Freundlichkeit nicht verdient."

Sein Schnurren wurde wieder lauter. „Du verdienst weit mehr als nur Freundlichkeit, Riley", sagte er leise. Er nahm mir die Wasserflaschen ab, als wir das Badezimmer betraten. „Und jetzt werde ich dir zeigen, was ein echter Alpha von seiner auserwählten Omega erwartet."

KAPITEL 10
RILEY

Irgendwo in North Carolina

Jonas setzte mich ab und zog seine Schuhe aus.

Es war mir ziemlich klar, was er vorhatte.

Während ich verärgert sein wollte, weinte meine Wölfin förmlich vor Dankbarkeit, dass er es sich überlegt hatte, uns zu verknoten.

Ich zog mir mein Kleid über den Kopf, bereit.

Er packte mich nicht sofort, stattdessen wandte er sich den Schränken zu und holte Seife und andere Dinge heraus.

„Teste das Wasser", befahl er.

Stirnrunzelnd drehte ich mich um und tat, was er verlangte. Ich seufzte, als ich das kühle Wasser spürte, und mein Körper bettelte darum, in die riesige Wanne mit dem erfrischenden Wasser einzutauchen. „Für so eine Hütte ist das ein ziemlich schönes Badezimmer", sagte ich abwesend.

„Ja, es wurde erst kürzlich renoviert. Von außen sieht das Gebäude nicht nach viel aus, aber mit all der energieeffizienten Technik ist es ziemlich fortschrittlich." Er drehte sich um und ich sah, dass sein Reißverschluss nur halb geschlossen war. „Ich habe schon etwas Badesalz in die Wanne gegeben, aber vielleicht möchtest du noch mehr." Er stellte alles auf den Rand.

Ich schaute verdutzt drein. *Wir werden in der Wanne ficken?*

Fast hätte ich die Frage laut ausgesprochen, aber ich hörte, wie seine Jeans über seine Oberschenkel nach unten fiel und mein Blick wanderte direkt zu seiner Leiste und seinem beeindruckenden Knoten.

Jonas hob mein Kinn an und unsere Blicke trafen sich. „Steig in die Wanne, Omega."

In meiner Eile stolperte ich rückwärts, was ihm ein leises Grummeln der Zustimmung entlockte. Er fing mich gekonnt auf, als ich fast über den Rand der Wanne fiel.

„Ganz ruhig, Riley." Seine Belustigung war spürbar, als er mir half, vorsichtig in die Wanne zu steigen.

Er beugte mich nicht einfach vornüber, um mich zu ficken, wie ich es erwartet hatte – und *wollte*. Er zog mich stattdessen auf seinen Schoß hinunter.

Nicht ihm zugewandt.

Ich schaute ans andere Ende der Wanne.

Ich lag mit dem Rücken an seiner Brust. Er legte seine Arme um mich und umarmte mich von hinten. „Entspann dich", flüsterte er mir ins Ohr. „Ich kümmere mich um dich."

„Indem du mich knotest?", fragte ich hoffnungsvoll.

Er fuhr mit seinen Händen an meinen Seiten entlang. „Indem ich dir zeige, was echte Alphas wollen." Seine Worte waren dieselben wie zuvor, aber klangen jetzt noch intimer.

Ich erschauderte, denn ich mochte das Gefühl seines Körpers unter mir und seiner Hände, die über meine Haut strichen. Ich spürte seinen heißen Atem an meinem Ohr, woraufhin ich eine Gänsehaut bekam.

„Omegas sind selten", fuhr er fort. „Sie sind dazu bestimmt, gehegt und gepflegt zu werden. Verehrt. *Geliebt.* Manche sagen, es liegt an ihrer Fähigkeit, sich fortzupflanzen, und an den Empfindungen beim Sex, der exquisit ist, aber es geht um so viel mehr als das, Riley."

Seine Lippen berührten meinen Pulspunkt, seine Zähne streiften die zarte Haut.

„Es geht um das Seelenband. Die Beziehung. Die seltene Verbindung zwischen einem Alpha und seiner Gefährtin." Er führte seinen Mund an mein Ohr und knabberte daran. „Ich habe nie nach dieser Art Gemeinsamkeit gesucht, weil ich nie das Gefühl hatte, sie zu verdienen."

Ich runzelte die Stirn. „Verdienen?" Ich konnte mir keinen Alpha vorstellen, der eine Gefährtin mehr *verdiente* als Jonas. „Warum fühlst du dich einer Omega nicht würdig?"

„Wegen meiner Gene." Er zuckte mit den Schultern, und diese Bewegung wirkte sich auf meinen ganzen Körper aus. „Mein biologischer Vater hat meine Mutter vergewaltigt, als sie paarungsbereit war. Er hat nicht versucht, seinen Trieb zu kontrollieren. Ich bin das genaue Gegenteil von ihm. Kontrolle ist wichtig, Riley. Kontrolle ist das Markenzeichen eines starken Alphas."

„Dein Vater war nicht stark", schlussfolgerte ich.

„Im Gegenteil, mein Samenspender war sehr stark. Er hat sich nur entschieden, kein guter Alpha zu sein."

„Und du hast dich entschieden, ein guter Alpha zu sein … indem du dir keine Gefährtin nimmst?"

„Nein. Ich habe mich entschieden, ein guter Alpha zu sein und diejenigen zu beschützen, die meinen Schutz brauchen. Ich ziehe es vor, allein zu sein."

Ich verstand diesen Wunsch, denn ich zog es auch vor, allein zu sein, nur aus ganz anderen Gründen.

„Das Gefühl, dass ich keine Gefährtin verdiene, spielte eine große Rolle in meinem Leben, zumindest als ich jünger war", fuhr er fort. „Aber es hat sich zu einem Gefühl der Einsamkeit entwickelt, welches ich genieße." Er küsste wieder meinen Puls und seine Hände wanderten zu meinem Bauch und hinunter zu meinen Schenkeln. „Du machst mir Lust auf mehr. Ich habe mich seit Monaten nach dir gesehnt."

„Deshalb war ich auch immer unhöflich zu dir, aber nicht, weil ich dein Verlangen gespürt habe", sagte ich. Ich hatte gewusst, dass er interessiert war, aber das war nicht der Grund für mein Handeln gewesen. „Es war, weil du mir Lust auf etwas gemacht hast, das mir zuvor immer Angst gemacht hat."

Mein Inneres bebte, als ob es zustimmen wollte, und mein Hitzezyklus machte sich erneut bemerkbar.

Ich spannte mich an, meine Glieder waren vom Ansturm des bebenden Bedürfnisses wie gelähmt.

Jonas schnurrte zur Antwort, seine Brust vibrierte gegen meinen Rücken, während er wieder mit seinen Händen an meinen Seiten auf und ab fuhr.

Nie berührte er mich an meinen intimen Stellen.

Er streichelte mich nur oder verehrte mich, wie er es nannte. Ich fühlte mich wie auf Händen getragen.

„Ist es der Gedanke, beansprucht zu werden, der dir Angst macht? Oder der Gedanke, dass die Inanspruchnahme dich neu definieren und dir deine Identität nehmen wird?", fragte er leise.

„Meine Identität", hauchte ich, und mein Magen drehte sich aufgrund eines weiteren schmerzhaften Krampfes. „Ich mag meine Freiheit."

„Mir geht es genauso", antwortete er. „Ich mag es,

reisen zu können und zu leben, wo ich will und wie ich es will. Das ist der Grund, warum ich mich keinem Rudel angeschlossen habe. Ich denke, wir sind uns ein bisschen ähnlich."

„Ja." In gewisser Weise schon. „Aber als Alpha wirst du immer eine Wahl haben. Omegas verlieren ihre Wahlmöglichkeit, wenn sie sich einen Gefährten nehmen."

„Nur wenn sie sich einen suchen, der den freien Willen der Omega nicht schätzt." Er küsste meine Schläfe und seine Hand wanderte wieder zu meinem Bauch. „Ich mag dich so, wie du bist, Riley. Sogar deine freche Seite gefällt mir. Ich würde nichts an dir ändern."

„Dir gefällt meine freche Seite?" Beinahe hätte ich über die Schulter zurückgeschaut, aber stattdessen ließ mich ein weiterer Krampf nach vorn rucken.

Sein Schnurren pulsierte gegen meinen Rücken und besänftigte sofort den Schmerz.

„Deine aufmüpfige Seite bringt mich dazu, dich ficken zu wollen", sagte er. „Es weckt auch den Wunsch in mir, dich zu bestrafen."

Ich erstarrte, mein Herz stotterte in meiner Brust. „Indem du mich allein lässt, während ich paarungsbereit bin?", sprach ich meine Vermutung laut aus.

„Nein. Das ist keine Bestrafung, Riley. Das ist Grausamkeit." Seine Hand glitt tiefer und die Kuppen seiner Finger streiften die gestutzten roten Haare zwischen meinen Schenkeln.

Ich wand mich, wollte, dass seine Hand tiefer glitt, um die bedürftige Stelle zu berühren, die sich nach seinem Knoten sehnte.

Seine Berührungen waren federleicht, er streifte nur die Wölbung meines Hügels, bevor er zur Seite abdrehte und meinen Schenkel hinunterfuhr.

„Aufgeschobene Befriedigung kann eine Strafe sein",

informierte er mich ruhig. „Aber nur, wenn es richtig gemacht wird und nicht, wenn eine Omega wegen ihrer Hitze Schmerzen verspürt."

Er fuhr mit seinen Fingern die Innenseite meines Schenkels hinauf, bis sein Daumen meine feuchte Mitte berührte.

Leicht.

Vielversprechend.

Doch das reichte bei Weitem nicht aus.

„Spanking kann eine weitere Form der Bestrafung sein", fuhr er fort. „Obwohl ich kreative Konzepte bevorzuge, wie Temperaturspiele und Federn."

Ich spannte meine Oberschenkel an.

„Ein weiterer Favorit ist die verlängerte Befriedigung", fügte er hinzu, wobei seine tiefe Stimme in mir einen Vulkan intensiver Gefühle entfachte. „Eine Frau minutenlang kommen zu lassen, anstatt nur für Sekunden … sie zu zwingen, mich anzuflehen, aufzuhören, damit sie wieder zu Atem kommen kann."

Er fuhr mit einem Finger durch meine Falten, fand zielsicher meine Lustperle und streichelte sie zärtlich.

„Ich denke, das wäre eine ideale Strafe für dich, Riley. Ich würde wirklich gerne hören, wie du mich *anflehst,* statt mich zu *beleidigen.* Ich werde dir zeigen, warum mein Knoten der einzige ist, den du haben willst, und dass nicht *jeder* Alpha-Schwanz ausreicht."

„Oh Gott." Ich war kurz davor, allein von seinen Worten meinen Höhepunkt zu erreichen.

„Dich dazu zu bringen, mir hundertmal zu sagen, dass es mein Knoten ist, der dich verrückt macht, und dass du ihn die ganze Zeit begehrt hast und dass es *mein Knoten* ist, den du tatsächlich in dir spüren willst." Er übte etwas mehr Druck auf meine empfindliche Lustperle aus und ich spürte seinen heißen Atem an meinem Ohr.

„Dein Knoten", flüsterte ich. „Nur dein Knoten."

„Ja, genau so", murmelte er. „Mein Knoten ist der, den du wirklich *brauchst.*"

„Ja", wimmerte ich und wölbte mich seiner Hand entgegen. „Ich wollte ihn schon seit Monaten. Seit dem Tag, an dem wir uns kennengelernt haben. Ich habe dich dafür gehasst." *Verdammt, vielleicht hasse ich ihn immer noch.*

Oh, aber ich wollte ihn.

Ich wollte ihn *wirklich.*

„Weil du Angst vor meinem Anspruch hast?"

„Ja, ich habe Angst, dass du mich beanspruchen wirst", wiederholte ich. „Ich will kein Eigentum sein, kein Objekt."

„Du würdest nicht mein Eigentum sein, Riley. Du wärst meine Gefährtin. Meine geliebte Lebenspartnerin. Die Frau, für die ich alles tun würde, und die Wölfin, die ich bis zu meinem letzten Atemzug verehren und beschützen würde."

Ich erschauderte, denn seine Worte lösten etwas in mir aus, das ich viel zu viele Jahre lang ignoriert hatte.

„Ich will kein Nest voller Welpen, Riley. Ich will eine glückliche Gefährtin, die sich geliebt und sicher fühlt und die es genießt, mein zu sein … eine Gefährtin, der ich sehr viel bedeute. Eine Partnerschaft, kein Besitztum."

Ja, dachte ich und bewegte mich gegen seine Hand. *Das ist es, was ich auch will. Ich will dich.*

„Nicht alle Alphas beanspruchen eine Omega, um sie zu besitzen", murmelte Jonas. „Manche Alphas wollen einfach eine Gefährtin, die sie ein Leben lang anbeten. So wie ich es jetzt mit dir tue."

Er schob zwei Finger in meinen feuchten Kanal und krümmte sie auf eine Weise, die mir sofort Erleichterung verschaffte.

„Ich kümmere mich um dich, weil du es brauchst."
Seine Worte glichen einem Hauch gegen mein Ohr.

Ich zuckte zusammen, als seine Handfläche Druck auf
meine Knospe ausübte, während er mich mit seinen
Fingern fickte.

Mehr, dachte ich und stemmte mich in seine Hand
hinein. *Bitte gib mir mehr.*

„Ich besitze dich nicht", fügte er leise hinzu. „Ich nutze
dich nicht aus, indem ich dich knote. Ich sorge nur dafür,
dass du dich gut fühlst, auch wenn ein Teil von mir dich
immer noch für jede deiner Beleidigungen bestrafen will."

Ich schluckte, mein Körper brannte für ihn und mein
Herz pochte. Sein Tonfall und seine Worte bestätigten mir,
dass ich ihn wirklich verletzt hatte, was nie meine Absicht
gewesen war.

„Ich bestrafe dich nicht, Riley. Ich stelle deine
Bedürfnisse in den Vordergrund. Denn *das* ist es, was ein
guter Alpha tut."

Mit seinen letzten drei Worten krümmte er wieder
seine Finger und zwang meinen Körper zu einem
Höhepunkt, der meine Sicht in helles weißes Licht tauchte.

Sein Name kam mit einem Keuchen über meine Lippen,
während ich sein Handgelenk packte und ihn zwang, seine
Finger zwischen meinen Schenkeln zu belassen.

Er versuchte nicht, sie zu entfernen.

Er streichelte mich einfach weiter und zögerte mein
Vergnügen heraus, während mich sein Schnurren in einem
beruhigenden Rhythmus besänftigte.

„Mmhmm, an diese Geräusche könnte ich mich
gewöhnen", brummte er. „Und so wie du dich an mich
klammerst, möchte ich in deinem feuchten Kanal
versinken und dich tagelang knoten."

„Ja." Ich drückte gegen seine Hand und dann gegen

seine Leiste. „Ich will deinen Knoten. Nur deinen Knoten. Keinen anderen Knoten."

„Willst du das wirklich? Oder lieg es an deiner Hitze?", fragte er, mit einem Hauch von sinnlicher Neckerei in seiner Stimme.

„Ich will es. Meine Hitze spiel dabei auch eine Rolle. Aber … es ist … meine Wölfin." Ich erschauderte, als sich seine Hand beugte, und mein Körper mehr als bereit war, wieder loszulegen. „Ich will dich, Jonas. Ich will dich, seit dem ersten Tag, an dem ich dich gesehen habe. Mein isländischer Ritter. Mein Alpha. Mein Beschützer. Meine …" *Meine Zukunft.*

Oh, ich war verloren. An uns. *An das hier.*

Vielleicht war es die Hitze. Vielleicht war es meine Wölfin, die die Kontrolle übernahm. Vielleicht waren es die Unterdrückungsmittel, die meinen Verstand gebrochen hatten.

Ich wollte mich nicht mehr gegen diese Anziehung wehren. Ich wollte ihn nicht mehr hassen, ihm aus dem Weg gehen oder ihn abweisen.

Ich wollte nur Jonas.

„Gib mir deinen Knoten", flehte ich. „Bitte."

„Nein." Er knabberte an meinem Ohrläppchen, während mein Herz sank, dank seiner Ablehnung.

Er wollte mir seine Kontrolle beweisen und mir zeigen, wie ein Alpha seinen Trieb zügelte.

Lag es an meinem Verhalten? Meiner Unhöflichkeit? Oder lag es an dem, was er mir über seinen biologischen Vater erzählt hatte?

Seine Hand verließ meinen feuchten Kanal und wanderte hinauf zu meinem Kinn.

Tränen trübten meine Sicht, und mein Herz schien bei der Erkenntnis zu zerbrechen, dass er sein Versprechen, mich nicht zu verknoten, ernst gemeint hatte.

Er packte mein Kinn und zog meinen Kopf zurück, damit ich ihn über meine Schulter ansehen musste.

Sein Blick fesselte den meinen.

„Ich will dich küssen", sagte er. „Dann werde ich dich knoten." Er zog mich näher heran, seine Lippen waren nur eine Haaresbreite von meinen entfernt. „Und wenn ich tief in dir drin bin, werde ich dich beanspruchen."

Mein Herz blieb stehen. „Jonas ..."

Er drückte seinen Mund auf meinen und brachte mich zum Schweigen. „Mein Wolf hat dich gewählt. Er wird dich beanspruchen, Riley. Genau wie deine Wölfin mich beanspruchen wird."

Meine Wölfin brummte, als würde sie dieser Einschätzung zustimmen.

Sie hatte sich vom ersten Tag an für ihn entschieden.

Ich hatte gegen den Instinkt angekämpft und war dabei äußerst unhöflich zu Jonas gewesen, aber das schien ihn jetzt nicht mehr zu stören.

Er blickte mich mit seinen hellblauen Augen intensiv an und hielt mich gefangen, als er sagte: „Und nachdem ich dich für mich beansprucht habe, werde ich dir für den Rest meines Lebens zeigen, was es bedeutet, einen guten Alpha-Gefährten zu haben."

KAPITEL 11
JONAS

Irgendwo in North Carolina

Ich hielt nichts davon, ein Blatt vor den Mund zu nehmen und falsche Versprechungen zu machen. Ich sagte Riley die Wahrheit, denn wenn ich sie während dieser Hitze verknoten würde, würde ich sie auch für mich beanspruchen.

Es hatte nichts mit Kontrolle zu tun, sondern mit dem übermächtigen Bedürfnis meines Wolfes, diese Frau zu unserer zu machen.

Ich könnte meine Triebe zähmen und es unterlassen, sie zu beanspruchen. Ich könnte jetzt auch verdammt noch mal gehen.

In dem Moment, in dem ich ihrem Verlangen nachgeben würde, würde ich mich an meinen Wolf verlieren. Ich könnte ihn kontrollieren. Ich könnte ihm sagen, er solle aufhören und ihn sogar zwingen, sie nicht zu beanspruchen.

Aber, das wollte ich nicht.

Wenn sie meinen Knoten begehrte, würde sie alles von mir bekommen.

Ich weigerte mich, halbe Sachen zu machen, nicht nach allem, was sie zugegeben hatte, nicht nach unserem letzten gemeinsamen Jahr und nicht nachdem ich gespürt hatte, wie sie unter meinen Händen dahinschmolz.

Ich hatte es satt, am Rande des Spielfelds zu warten und mich zu fügen.

In dieser einen Sache würde ich Unterwerfung verlangen, aber wenn sie mich jetzt zurückweisen, wenn sie *Nein* sagen würde, würde ich ihren Wunsch respektieren. Ich würde unser gemeinsames Bad beenden, sie an einen bequemen Ort bringen und sie nach besten Kräften beschützen, aber ich würde sie nicht verknoten.

Zu diesem Zeitpunkt hätte sie es nicht verdient.

Es gab vieles, was ich für diese Frau tun würde, aber hier zog ich eine Grenze. Es würde zu sehr schmerzen, ihr nur einen Teil von mir zu geben und nicht alles.

Vielleicht war ich egoistisch.

Ein Arschloch ... das Gegenteil eines guten Alphas.

Es fühlte sich richtig an, dies zu verlangen, um ihr zu zeigen, wie gut wir zusammen sein könnten.

Ihre Wölfin wollte mich.

Jetzt war es an der Frau, mich zu akzeptieren.

Sie zuckte zurück, woraufhin ich ihr Kinn losließ und mein Herz sank, als sie sich von mir entfernte.

Wahrscheinlich hatte ich sie zu weit getrieben, angesichts ihrer Angst und bei der Vorstellung, dass ihr ein Alpha die Identität nehmen könnte. Ich konnte es ihr nicht verdenken, aber ich hatte ihr seit Monaten gezeigt, wer ich war. Wenn sie glaubte, ich würde herrschsüchtig sein und sie zwingen, eine Sklavin zur Fortpflanzung zu sein, dann gab es nicht viel, was ich tun konnte, um ihre Meinung zu ändern.

„Du bist in der Nähe des Alberta-Sektors aufgewachsen, richtig?", fragte ich, als sie sich zurückzog.

„Ich gehörte zu einem Clan aus der Gegend von Vancouver, aber sie hatten eine starke Verbindung zu Alberta, ja." Sie griff nach dem Rand der Wanne und stand auf, sodass ich einen ausgezeichneten Blick auf ihren kleinen Hintern bekam.

Mein Wolf knurrte, begierig darauf, sie dort zu markieren ... nicht mit meinen Händen, sondern mit meinen *Zähnen*.

Sie drehte sich langsam um und gab mir einen Blick auf ihre feuchten Lippen frei. Ich machte mir nicht die Mühe, mein Interesse zu verbergen und richtete meinen Blick auf diesen süßen Himmel, den ich vielleicht nie ausfüllen würde. Als sie die Wanne nicht sofort verließ, hob ich meinen Blick langsam auf ihren flachen Bauch, weiter zu ihren schönen Brüsten und weiter hinauf zu ihrem elfenhaften Kinn, über diese fickbaren Lippen, zu ihren verführerischen blauen Augen.

„Weißt du, wie die Alphas im Alberta-Sektor Omegas behandeln?", fragte sie.

„Ja." Ich war noch nie dort gewesen, und ich hatte auch nicht den Wunsch, es zu tun. Sie neigten dazu, Rudel um ihre Omega-Gefährtin zu bilden, was bedeutete, dass mehr als ein Alpha Anspruch auf die Omega erhob. Wenn man bedachte, wie gerne Alphas ficken, war es ziemlich offensichtlich, wie die Omegas in diesem Sektor behandelt wurden.

Mit Sicherheit waren nicht alle Alphas schlecht, aber die Tatsache, dass das Teilen in diesem Sektor so weit verbreitet war, deutete darauf hin, dass sie keine tiefgreifenden Bindungen eingingen.

Die meisten X-Clan-Alphas weigerten sich, ihre Gefährtin zu teilen.

Wir waren zu besitzergreifend, um diesen Gedanken auch nur in Erwägung zu ziehen.

„Dann verstehst du vielleicht meine Besorgnis darüber, dass ich beansprucht werde, da ich einer ihrer Alpha-Triaden versprochen wurde", sagte sie leise.

Ich hob die Augenbrauen. „Versprochen?"

Sie ließ sich wieder sinken und überraschte mich, als sie sich auf meine Oberschenkel setzte und ihre Hände auf meine Schultern legte. „Mein Alpha-Vater hat es arrangiert. Deshalb bin ich gegangen." Sie runzelte die Stirn. „Na ja, ‚abgehauen' wäre wohl eher zutreffend. Er war nicht gerade mit meiner Entscheidung einverstanden, in die Menschenwelt zu ziehen und meinen Abschluss zu machen."

„Weil er ein Alpha war, der daran glaubte, dass er dich kontrollieren könnte", vermutete ich.

„Ja." Sie rückte näher und ihr heißer feuchter Kanal war nur wenige Zentimeter von meinem schmerzenden Schwanz entfernt. „Du bist nicht wie diese Alphas."

„Nein, ich bin nicht wie diese Alphas", stimmte ich zu.

„Du hast mir nie gesagt, was ich tun soll. Zumindest … nicht ohne guten Grund."

„Manchmal musst du einfach gehorchen", sagte ich.

„Nur, damit das klar ist, ich werde wahrscheinlich nicht oft gehorchen", teilte sie mir mit, wobei ihre Stimme trotz ihrer offensichtlichen Absicht, einige Grundregeln aufzustellen, atemlos klang.

„Das will ich nicht hoffen." Ich legte meine Hand in ihren Nacken und zog sie noch näher an mich heran. „Ich meinte, was ich vorhin über Bestrafungen gesagt habe. Ich habe vor, all diese Dinge mit dir zu tun."

„Und ich darf trotzdem *ich* sein?", fragte sie, ihren Mund ganz nah an meinem.

„Ich habe mir nie gewünscht, dass du dich änderst,

Riley." Ich strich mit dem Daumen an ihrem Hals entlang. „Und ich werde mir auch in Zukunft nicht wünschen, dass du dich änderst."

Sie nickte langsam, ihre Zunge glitt heraus, um ihre Unterlippe zu befeuchten.

„Nun, eine Sache musst du ändern", sagte ich und dachte darüber nach.

Sie verstummte. „Was denn?"

„Die Unterdrückungsmittel. Ich will, dass du sie nicht mehr nimmst. Ich möchte, dass du so sein kannst, wie du bist, und ich möchte, dass deine Wölfin frei ist."

„Aber ..."

„Das ist einer der Punkte, über die ich nicht verhandeln werde, Riley. Du kannst deine Wolf-Seite nicht unterdrücken. Das ist nicht gesund. Verdammt, das hätte uns heute umbringen können."

Sie zog sich ein wenig zurück. „Niemand wird zulassen, dass eine Omega als Ärztin praktiziert."

Ich schnaubte. „Es gibt viele Alphas, die deine Berufswahl nicht kritisieren würden." Ich verengte meine Augen zu schlitzen. „Alphas wie Kieran, richtig?" Er war ein V-Clan-Wolf, ein Heiler mit mystischen Fähigkeiten. Sicherlich hatte er mitbekommen, dass sie Unterdrückungsmittel nahm – etwas, woran ich bis jetzt nicht einmal gedacht hatte.

Ihre geröteten Wangen sagten mir, dass ich auf der richtigen Spur war.

Ich zog mich zurück. „Hat er dich verknotet?" Denn das könnte sich als problematisch erweisen. „Hast du ihn gebeten, dir durch einen Zyklus zu helfen?"

Sie sah mich stirnrunzelnd an. „Ich habe dir schon gesagt, dass ich noch nie geknotet wurde und ich habe auch seit über einem Jahrzehnt keinen Zyklus mehr erlebt."

Das stimmte. Ja, das hatte sie erwähnt, aber die Vorstellung, dass sie mit Kieran zusammen gewesen war, setzte meine Fähigkeit, rational zu denken, außer Kraft. „Willst du, dass er dich verknotet?"

Ihr Stirnrunzeln vertiefte sich. „Nein. Natürlich nicht."

„Bist du dir sicher?"

„Ich wollte dir gerade sagen, dass du mich beanspruchen sollst, Idiot. Ja, ich bin mir verdammt sicher." Ihre Nasenflügel blähten sich. „Aber jetzt bin ich mir wieder nicht sicher, weil du offensichtlich …"

Ich drückte meine Lippen auf ihre und brachte sie damit zum Schweigen, ehe sie mich beleidigen konnte.

Sie hatte die Worte ausgesprochen, die ich hören wollte. ,*Ich wollte dir gerade sagen, dass du mich beanspruchen sollst.*' Der Teil mit dem *Idioten* war nicht wichtig.

Es war nichts anderes von Bedeutung, denn Riley hatte gerade gesagt, dass sie mich wollte.

Das war alles, was ich wissen musste.

Sie murmelte etwas gegen meine Lippen, aber dieses Murmeln verwandelte sich in ein Stöhnen, als ich meine Zunge in ihren Mund schob.

Sie schlang ihre zierlichen Arme um mich und drückte ihre Brüste gegen meine Brust und dann gab sie mir alles, was ich wollte.

Ihre Zunge war feucht und forschend, sie lernte meinen Geschmack kennen und ahmte meine Bewegungen mit jedem Schlag nach. Sie war kühn. Abenteuerlustig. *Perfekt.*

Ich knetete ihren Nacken, um zu zeigen, dass ich ihr Einverständnis zu schätzen wusste.

Dann legte ich meine andere Hand auf ihren Hintern und forderte sie auf, noch näher zu kommen.

Sie zögerte nicht und ihr feuchter Kanal küsste meinen Schwanz zur Begrüßung.

Ich schnurrte zustimmend und vertiefte unseren Kuss, wollte sie verschlingen und sie allein mit meinem Mund beanspruchen.

Wie viele Monate hatte ich davon geträumt, dies mit ihr zu tun? Wie viele Monate hatte ich mich bei dem Gedanken selbst befriedigt, dass mich diese schöne Frau in ihrem Bett akzeptieren würde, wenn auch nur für eine Nacht?

Und jetzt würde ich nicht nur eine Nacht mit ihr verbringen.

Ich würde sie ein Leben lang haben.

Angefangen mit diesem Zyklus bis hin zu einer gemeinsamen Zukunft, in der sie *mir gehörte*.

Sie drängte sich gegen mich und wollte mehr als nur ein paar Küsse, aber ich hatte zu viele Monate damit verbracht, über ihren Mund zu fantasieren, um mich davon lösen zu können. Ich knabberte an ihrer Unterlippe, tadelte sie leicht dafür, dass sie versuchte, die Dinge zu überstürzen, und dominierte sie mit meiner Zunge.

Jeder Zungenschlag glich einem Buchstaben und ich buchstabierte die Worte *„Du gehörst mir"*. Wieder und wieder und wieder.

Sie verschmolz mit mir, unterwarf sich meinem Wolf und genoss mein zunehmendes Schnurren.

Es war alles für sie. *Alles.*

Genauso wie all ihre feuchte Hitze nur mir galt. Meinem Knoten. Meinem Schwanz. Sie war mein.

Ich hob sie in meine Arme und stand auf, weil ich des Wassers überdrüssig war und etwas Angemesseneres für unser erstes Mal brauchte.

Sie legte ihre Arme um meinen Hals, ihre Beine umschlangen meine Hüfte und überkreuzten sich hinter meinem Hintern.

Ich hatte einige Handtücher gefunden, als ich vorhin

die Hütte durchsucht hatte, aber anstatt uns abzutrocknen, schnappte ich sie mir auf dem Weg zum Bett und warf sie auf das Bettlaken, damit sie dort das Chaos aufsaugen konnten, das wir anrichten würden.

Riley würde sie wahrscheinlich für ihr Nest brauchen, vorausgesetzt, sie könnte überhaupt tief genug in ihren Zyklus fallen, um diesen Instinkt zu wecken.

Ich legte sie sanft auf das Bett, meine Lippen berührten noch immer ihre.

Sie fuhr mit ihren Fingernägeln über meinen Rücken, ihre Wölfin war zum Spielen erwacht.

Du beanspruchst mich bereits, dachte ich und brachte uns beide in eine bequeme Position, in der unsere Körper eng aneinander gedrängt lagen.

Riley knurrte … oder besser gesagt, ihre Wölfin knurrte.

Ich erlaubte meinem Wolf, zurück zu knurren.

Sie wölbte sich daraufhin mir entgegen, ihr Körper spannte sich unter meinem an. „Verknote mich."

„Noch nicht", sagte ich, und meine Lippen wanderten zu ihrem Ohr, um an ihrem Ohrläppchen zu knabbern. „Ich möchte dich zuerst schmecken."

„*Jonas.*"

„Geduld, Omega. Es ist meine Aufgabe, dich zu verehren, und genau das werde ich auch tun."

Ihr süßes Parfüm ertränkte mich, denn meine zukünftige Gefährtin war von diesem Plan offensichtlich begeistert. Auch ihre Brustwarzen zeugten von dieser Zustimmung. Die festen Spitzen bettelten geradezu um meine Zunge, als ich mir einen Weg direkt zu ihren schönen Brüsten bahnte.

Sie hatten die perfekte Größe und passten genau in meine Hand.

Ich küsste eine zarte Spitze, dann liebkoste ich die

andere, was Riley dazu brachte, zu stöhnen und sich unter mir zu winden.

Sie hatte den Höhepunkt ihres Zyklus immer noch nicht erreicht, stand aber kurz davor.

Ich konnte es auf meiner Zunge schmecken.

Ihre Pupillen waren geweitet, die Nasenlöcher aufgebläht und ihre Lippen standen offen.

Bald, brummte mein Wolf. *Bald wird sie unser sein.*

Ich brauchte eigentlich nicht zu warten, aber ich wollte es. Es hatte etwas Wunderschönes an sich, eine Omega zu beanspruchen, wenn ihre Erregung bereits sehr stark war. Vielleicht reizte es mich am meisten, weil ich wusste, dass es ihr nicht wehtun würde.

Zu einem anderen Zeitpunkt würde sie spüren, wie sich meine Zähne in ihre zarte Haut bohrten.

Allein der Gedanke, ihr wehzutun, machte mich unruhig.

Ich wollte Riley nie Schmerzen zufügen. Ich würde auch nie zulassen, dass jemand anderes ihr etwas antat.

Das motivierte mich, meinen Weg nach unten fortzusetzen, denn ich musste sicherstellen, dass sie bereit war, meinen Knoten zu empfangen.

Omegas waren dafür gebaut, um den Knoten ihres Alphas zu ertragen, aber das bedeutete nicht, dass es nicht wehtun konnte. Da Riley noch nie geknotet worden war, musste ich sicherstellen, dass sie meinen Knoten genießen würde.

„Verdammt, bist du feucht", flüsterte ich, als ich die weichen roten Härchen zwischen ihren Schenkeln erreichte. „Und du riechst fantastisch."

Ich wollte mich in ihrer Erregung baden, mich von Kopf bis Fuß bedecken und in dem Duft ihrer Not schwelgen. Ich wollte sicherstellen, dass jeder in dieser gottverdammten Welt wusste, dass sie mich für sich beansprucht hat.

„Weißt du noch, was ich über Bestrafung gesagt habe?", fragte ich, als ich mich zwischen ihren gespreizten Schenkeln niederließ.

Sie hob den Kopf und sah auf mich herab. „Du sagtest, du würdest mich nicht bestrafen."

„Nein, ich sagte, dass ich möchte, dass du jede einzelne Erfahrung machst, die ich zu bieten habe", korrigierte ich. „Wie wäre es, wenn wir damit anfangen, herauszufinden, wie lange ich deinen Höhepunkt hinauszögern kann?"

KAPITEL 12
RILEY

Irgendwo in North Carolina

Mein Körper *brannte*.

Jonas' Worte … seine Berührung … sein *Mund* …

„*Fuck.*"

„Ja, nachdem ich dich zum Höhepunkt gebracht habe", sagte er, seine Lippen direkt um meine Lustperle geschlossen. „Bereit, Riley?"

Ich hatte keine Ahnung, was er wirklich vorhatte, aber ich würde nicht *Nein* sagen. „Ja."

„Braves Mädchen", lobte er, während sein Atem meine intimen Bereiche streichelte und mir einen Schauer über den Rücken jagte. „Halt dich am Kopfteil fest, Liebes. Ich bin noch nicht bereit dafür, dass deine Wölfin mich mit ihren Krallen zerfetzt."

Ich wollte etwas Witziges sagen, etwas Kluges entgegnen, aber in meinem Kopf gab es keine Worte mehr. Alles, woran ich denken konnte, war sein Name.

Er hatte mich auf die beste Art und Weise zum

Nachgeben gebracht und er hatte noch nicht einmal richtig angefangen.

„Beeil dich", flüsterte ich. „Ich will mich daran erinnern", denn sobald mich die Hitze überwältigte, würde ich alles vergessen und mich im Rausch verlieren. Wäre an *ihn* verloren.

Verdammt, ich war bereits an ihn verloren. Ich hatte zugestimmt, dass er mich beanspruchte. Es war ein Risiko. Ein verdammt großes Risiko, aber es fühlte sich richtig an.

Und meine Wölfin ... sie wollte ...

Mein Rücken wölbte sich vom Bett, als sich sein Mund um meine Lustperle schloss und seine Zunge etwas tat, das mich Sterne sehen ließ. „Oh mein ... *verdammmmmmt.*" Ich konnte nicht aussprechen, was ich sagen wollte, konnte mich nicht erinnern, woran ich gedacht hatte.

Alles, was zählte, war sein Mund.

Seine Hände.

Seine *Zunge.*

Ich merkte kaum, wie seine Finger in mich eindrangen, ich wusste nicht einmal, wann er sie in mich hineingeschoben hatte, aber als er sie nach oben krümmte, wie er es in der Wanne getan hatte, spürte ich jede Bewegung.

Er musste mindestens zwei Finger in mich gedrängt haben, vielleicht auch drei.

Bewegte sie auf eine Weise, die mich dehnte.

Um mich vorzubereiten.

Für seinen Knoten.

Oh, Monde.

Jaaaa.

Ja, genau so.

Ich befand mich an der Grenze zum Delirium, es war dunkel, dann hell und dann wieder dunkel.

Die Bäume verdeckten das Mondlicht und tauchten

den Raum in Schatten. Meine Wölfin konnte sehen, aber ich hatte nur Augen für Jonas.

Seinen leuchtend blauen Blick.

Er starrt mich immer an, nur hatte sein Blick sich nun verändert. Er war hungrig. Besitzergreifend. *Dominant.*

Jonas saugte an meiner empfindlichen Knospe und forderte meine volle Aufmerksamkeit, während er mich an einen Ort der Ekstase zog, der mich atemlos und keuchend zugleich machte.

Ich konnte nicht sagen, ob ich kam, flog oder starb.

Es war eine Kombination aus all diesen Möglichkeiten.

Es gab einfach so viele Sinneseindrücke.

Meine Glieder waren angespannt, mein Inneres kochte vor Lust über und dann *kam ich zum Höhepunkt.*

„*Jonas.*"

Es tat fast weh.

Ich konnte nicht atmen.

I-ich ertrank in diesem Gefühl.

Mit einem weiteren Zungenschlag wurde ich wieder ins Leben zurückgeholt. *Jonas saugte direkt an meiner Lustperle.*

„Was machst du mit mir?", fragte ich heißer, meine Stimme klang rau. *Habe ich etwa geschrien?*

„Dich bestrafen", murmelte er gegen meine empfindliche Knospe. „Und ich genieße jede verdammte Minute davon."

Danach knabberte er noch einmal an meiner Lustperle, sodass ich Sterne sah.

Solche Gefühle hatte ich noch nie zuvor gespürt.

Meine Hitze trieb das Ganze noch weiter an und machte mich so empfindlich, dass ich schon bei einer Berührung meiner Knospe den Verstand verlor.

Immer und immer wieder.

Er wollte mich immer wieder zum Höhepunkt bringen, schoss

mir durch den Kopf. Ich erinnerte mich vage an das, was er mir versprochen hatte.

Verdammt, wenn das seine Vorstellung von Bestrafung war, würde ich mich jeden verdammten Tag danebenbenehmen.

Er drehte seine Finger und führte mich zu einem weiteren Höhepunkt, der wahrscheinlich nur eine Fortsetzung des ersten war.

Die Erlösung rollte durch mich hindurch und quetschte jedes Quäntchen Vergnügen aus meinen Adern und erlaubte mir damit, wieder diesen Strudel aus Lust und Leidenschaft zu genießen.

Früher hatte ich diese Erfahrung gehasst.

Früher hasste ich die Art und Weise, wie sich mein Körper nach Empfindungen sehnte.

Jonas zeigte mir, wie gut es sein konnte und er hatte mich noch nicht einmal verknotet.

Oh, Luna. Allein der Gedanke an seinen Knoten ließ sich mein Innerstes vor *Verlangen* anspannen. Ich wollte ihn in mir spüren. Ich wollte, dass er mich fickte und in jeder Hinsicht *beanspruchte*.

„Bitte", flüsterte ich, und meine Hüften hoben sich, um seinen Mund zu finden. „Jonas, *bitte*."

Ich brauchte seinen Schwanz. Ich musste spüren, wie er sich in mir verlor und wollte das Gefühl der intimen Vereinigung mit ihm erleben … nicht, um ein richtiges Nest zu schaffen und Welpen zu bekommen.

Nur … nur um bei ihm zu sein. Ihn zu *fühlen*.

Die Betas, mit denen ich zusammen gewesen war, waren nie in der Lage gewesen, mich richtig zu befriedigen. Es war nicht ihre Schuld, nur Teil ihrer Biologie.

Jonas könnte mich zu neuen Höhen führen.

Verdammt, das *hatte* er bereits und das nur dank seines Mundes und seiner Zunge.

Ich schrie auf, als er wieder an meiner Lustperle knabberte und mich in einen weiteren rauschhaften Höhepunkt stürzte, der mir erneut die Fähigkeit raubte, einen klaren Gedanken zu fassen.

Meine Lunge brannte, als mich mein Körper daran erinnerte, zu atmen, aber ich konnte es nicht.

Die Lust hatte mir die Luft zum Atmen geraubt.

Jonas.

Es war dunkel.

Jonas.

Ich brauchte *Licht*.

Jonas.

Ich versuchte aus den Tiefen meiner Lust aufzutauchen, an die Oberfläche dieser erstickenden Euphorie zu schwimmen.

Jonas.

Alles stand in Flammen. Meine Adern. Mein Bauch. Meine Hände. Die Beine. Die Brüste. *Mein Innerstes.*

Ich wurde von der *Hitze* regelrecht aufgefressen.

Ich spürte einen großen Körper, der mich winzig fühlen ließ, klein und gefangen.

Nein.

Nicht gefangen.

Beschützt.

Seine Lippen trafen auf meine.

Seine Zunge folgte.

Luft.

Jonas blies Luft in meinen Mund und zwang mich einzuatmen.

Ich nahm seinen holzigen Duft wahr und genoss seine vor Leben strotzende Männlichkeit und heiße Erregung.

Mein Alpha.

Ich grub meine Fingernägel in seine Schultern, denn meine Wölfin hatte in ihrem Bedürfnis, ihn zu beanspruchen, die Oberhand gewonnen.

Gerade als er in mich hineinstieß.

Gnadenlos. Entschieden. Mich ausfüllte.

Meine Lippen öffneten sich zu einem lautlosen Schrei, ich brauchte Luft, um zu stöhnen, zu schreien oder zu kreischen.

Jonas war tief in mir.

Er war die Luft, die ich zum Atmen brauchte.

Jonas erfüllte meinen Geist mit Leben, als er mich mit seiner Zunge und seinem Schwanz beanspruchte.

Seine Dominanz befriedigte meine innere Bestie, ihr Knurren hallte tief in mir wider. Ich drückte meine Hüften nach oben, um ihm entgegenzukommen, meine Beine hatten sich von selbst um seine Taille geschlungen.

„Mehr." Das Wort kam aus meinem Mund, aber es war nicht meinen Gedanken entsprungen. Es kam von meiner Wölfin oder es war ein Drang, den ich für sie in Worte fasste. Ich wusste es nicht.

Jonas knurrte zur Antwort, sein Wolf schien ebenfalls die Kontrolle übernommen zu haben.

Trieb.

Damit gab er seinem Wolf die Autorität, *Anspruch zu erheben.*

Ich konnte nichts tun, um ihn zu bekämpfen, und ich wollte auch nichts dergleichen tun, denn meine Wölfin hatte bereits beschlossen, diesem Mann alles zu geben.

Sie ermutigte mich, meinen Hals zu entblößen, aber Jonas legte seine Hand an meine Wange und drehte meinen Kopf zurück und damit meinen Mund zu seinem.

Er wollte mich küssen. Mich ficken. Mich von innen heraus besitzen. *Dann* würde er mich beißen.

Ich spürte die Absicht in jedem Stoß, in jedem zarten

137

Streichen seiner Zunge und in der intensiven Art, wie er meinen Nacken massierte.

Ich gehörte ihm.

Voll und ganz, aber nicht so, wie ich es *befürchtet* hatte.

Er tat mir nicht weh. Hatte mich nicht *genommen*. Er gab, genau wie er es versprochen hatte, und unterstrich diesen Punkt mit jedem Stoß seiner Hüften, wobei er meine Knospe streifte und damit ein Nachbeben auslöste, das sich wie zusätzliche Orgasmen anfühlte.

Dieser Mann, der dazu bestimmt war, mich zu beanspruchen, spielte mit dem Geschick eines Alphas mit meinem Körper.

Ich würde ihn nicht aufhalten.

„Beanspruche mich", flüsterte ich gegen seinen Mund. „Beanspruche mich, Jonas."

„Ich beanspruche dich bereits, Riley", antwortete er. „Jeden verdammten Zentimeter von dir."

Er stieß seine Hüften so hart gegen meine, dass ich aufschrie, und dann küsste er mich wieder und vertrieb mit der anbetenden Liebkosung seiner Zunge jeglichen Schmerz.

Ich fühlte mich wie betäubt und verloren in seiner Wildheit und völlig aufgelöst durch die Ehrfurcht in seinem Kuss und den besitzergreifenden Druck seiner Hände.

„Jonas." Ich klammerte mich wieder an seine Schultern, meine Hände wanderten seinen Rücken hinunter zu seinem knackigen Hintern. Ich brauchte seine Kraft, wollte, dass er mich hielt, um mich durch diesen nächsten Teil zu begleiten, denn ich war sowohl aufgeregt als auch verängstigt.

Sein Knoten pulsierte. Ich konnte ihn zwischen meinen Beinen *spüren*. Er war bereit, zu explodieren, bereit, in meinem Kanal zu versinken und sich in mir festzukrallen.

Ich wusste, dass es sich toll anfühlen würde.

Ich wusste, dass ich dadurch den intensivsten Orgasmus meines Lebens bekommen würde, aber dabei gab es so viele unbekannte Variablen.

Ich könnte schwanger werden. Ich könnte in ein Nest gezwungen werden. Ich könnte beansprucht und besessen werden und er könnte mir befehlen, was ich für den Rest meines Lebens zu tun habe.

„Ssch", beruhigte mich Jonas, seine Lippen zärtlich auf den meinen. „Ich habe dich, Liebes. Ich habe dich … immer."

Er schnurrte nicht, doch seine Worte wirkten auf meine Sinne wie ein beruhigendes Streicheln.

Ich ließ mich auf seine Stimme, sein Versprechen ein und erlaubte mir, mich in eine Welt des Schutzes und der Gnade einzuhüllen.

Ich blickte in seine schönen Augen und ließ mich von ihm führen.

Ich unterwarf mich.

Stolz leuchtete in seinem Blick auf, als er mir einen Kuss auf den Mund drückte. „Du bist perfekt, Riley", sagte er. „So perfekt und mein."

In meinem Unterleib explodierte Schmerz, als sein Knoten in mich hineinschoss. Ein Schrei blieb mir in der Kehle stecken, der von seiner Hand unterbunden wurde, die im richtigen Moment zudrückte.

Ich erschauderte und war von seinem plötzlichen Orgasmus überrumpelt, und die Grausamkeit seiner Hand ließ mich aus meiner erregten Starre aufschrecken und trieb mir sofort Tränen in die Augen.

Doch dann veränderte sich etwas.

Sein Knoten … *rastete ein. Sicherte unsere Verbindung. Er machte uns zu einem.*

Oh … ich zuckte zusammen, als eine Welle der Lust meine Sinne überwältigte und mich einmal mehr in den Himmel schoss.

Glückseligkeit.

Wärme.

Wahnsinn.

Jonas schnurrte zustimmend in mein Ohr, seine Lippen streiften mein Ohrläppchen auf dem Weg zu meinem Hals, hinunter … zu meiner Schulter.

„Bleib bei mir, Riley", flüsterte er. „Sei mein."

„Ich gehöre dir", antwortete ich und zuckte zusammen, als sich seine Zähne in meine Haut bohrten.

Er beansprucht mich, während sein Knoten in mir pulsiert.

Wir sind eins.

Ein Leben lang zusammen.

Euphorie tanzte in meinem Blut, meine Wölfin freute sich über den Anspruch.

Mein Herz raste.

Meine Lippen öffneten sich beim nächsten Atemzug, als Jonas meine Kehle freigab, aber alles, was meinen Mund verließ, war ein zufriedener Seufzer.

Gefolgt von dem Wort: *„Nochmal."*

Der Genuss seines Knotens ließ nach, aber meine Hitze … meine Hitze war da, überwältigte mich und schickte mich in ein Meer von *Lust.*

„Mehr", fauchte ich erneut und drückte mich gegen ihn.

Jonas knurrte zur Antwort. *„Geduld, Omega."*

Mein Wolf wimmerte unter seinem Tadel.

„Ich werde dir geben, was du brauchst", sagte er gegen meine Schulter. „Aber du musst geduldig sein."

Meiner Wölfin gefiel dieser Plan ganz und gar nicht. Sie grub ihm meine Nägel in seine Schultern und kratzte von oben nach unten so heftig, dass man die Spuren noch lange würde sehen können.

Jonas ergriff meine Handgelenke und zog sie mir über den Kopf. „Fesselspiele machen Spaß." Die Worte klangen seidig, sanft und *dunkel* zugleich. „Vielleicht erforschen wir das als Nächstes."

Ich knurrte.

Er knurrte zurück.

Furchterregender. Großer. Starker *Alpha*.

„Wir werden an deiner Geduld arbeiten müssen, kleine Wölfin", sagte er, offensichtlich in dem Wissen, dass es meine Wölfin war, die mich antrieb. „Ich will für eine Minute deinen menschlichen Teil sehen."

Meine Wölfin schnaubte daraufhin.

Jonas knurrte, dieses Mal viel intensiver als zuvor.

Ich reagierte mit einem Zittern und keuchte angesichts des Gefühls, das sein Knoten in meinem Unterleib auslöste.

„Jonas", hauchte ich und erzitterte.

„Da ist ja meine Gefährtin", murmelte er und drückte mir einen Kuss auf den Mund. „Du distanzierst dich ein wenig von deiner Wölfin."

„Ich ... ich weiß nicht ..."

„Mach dir keine Sorgen", sagte er. „Ich komme mit deiner Wölfin schon klar. Ich muss nur wissen, ob es dir als Frau auch gut geht."

„Ich bin ... ich bin überwältigt."

„Ich weiß." Er schmiegte sich an mich und sein Schnurren wurde lauter. „Ich werde mich um dich kümmern, okay?"

Ich schluckte und mein Kinn senkte sich, als hätte er mich zu einem Nicken gezwungen. Vielleicht war es auch nur mein angeborenes Vertrauen in ihn, dass er mich beschützen würde, so wie er es schon seit Monaten getan hatte.

„Du bist meine Gefährtin", hauchte er in mein Ohr. „Das bedeutet, dass ich dich so lange verehren werde, wie deine Hitze anhält. Ich werde dich für den Rest unseres Lebens auf Händen tragen und beschützen."

Bei dem Gedanken wurde mir ganz warm ums Herz. Ich war mir nicht sicher, was das im Moment bedeutete, aber ich vertraute ihm. Ich vertraute *dem hier*. „Okay", flüsterte ich. „Ich weiß, dass du mir nicht wehtun wirst."

„Nein, ich werde dich zum Leben erwecken", versprach er. „Du wirst meinen Knoten noch wochenlang spüren."

Meine Schenkel drückten sich fest um ihn, was ihn zum Knurren brachte.

„Ja, genau so, Liebes", murmelte er und bewegte seine Hüften gerade genug, um mich zum Stöhnen zu bringen. „Ich werde mich nicht zurückhalten, denn deine Wölfin will *mehr*."

„Ja." Ich wölbte mich in ihn hinein, meine Handgelenke waren immer noch unter seinen gefangen. „Sie will ficken", bettelte ich.

„Dann gebe ich ihr mein Biest." Er knabberte an meiner Unterlippe. „Ich nehme meine Aufgabe als dein Gefährte sehr ernst."

„Das klingt, als wäre es schwierig", hauchte ich scherzhaft, und mein Lachen blieb mir im Hals stecken, als er wieder in mich hinein ruckte.

„Es wird eine Herausforderung sein", antwortete er. „Aber ich mag Herausforderungen, Riley." Er drückte seine Lippen gegen meine Schläfe und flüsterte: „Und du bist meine liebste Herausforderung von allen."

„Ich bin eine Herausforderung?"

„*Meine* Herausforderung", korrigierte er, seinen Mund an meinem Ohr. „Die größte, der ich mich je gestellt habe, und es scheint nur angemessen, dass du mich jetzt wieder herausforderst."

Es durchfuhr mich ein bebendes Gefühl und mein

Magen zog sich bei einer neuen Welle aus Verlangen und Lust zusammen.

Die Welt verschwand unter einem schwarzen Vorhang.

Raubte mir die Sicht.

Ich nahm nichts mehr wahr.

Nur Glückseligkeit.

Der Zyklus, erkannte ich. Ich bin mitten in meinem Zyklus.

KAPITEL 13
RILEY

ICH BLINZELTE, aber die Welt verschwand und tauchte einige Zeit später wieder auf.

Jonas war in mir und fickte mich.

Er flüsterte mir heiße Versprechen ins Ohr.

Er hatte seine Hände überall … auf meinen Brüsten, meinen Hüften oder auf meinem Gesicht.

Ich küsste ihn.

Meine Wölfin hatte ihn gebissen und ich fiel erneut in eine Wolke der Verwirrung.

Nur sein Knurren brachte mich zurück.

Nochmals.

Und wieder.

Und wieder.

Ich durchlief einen Kreislauf an Gefühlen, Wärme und dem Verlust des Bewusstseins oder besser gesagt, ich verlor den Kampf mit meiner Wölfin.

Sie brauchte diesen Zyklus, und mich von dem Spaß fernzuhalten, war ihre Strafe für mein früheres Verhalten.

Sie distanziert sich von mir. Genau wie Jonas gesagt hatte.

Ein paar Dinge waren mir dennoch klar, zum Beispiel Jonas' Zuneigung, sein Schnurren, seine Küsse oder seine süßen Worte.

Ich spürte, wie er mich auf alle Viere drehte und sein Schwanz von hinten in mich glitt.

Sein Knoten pulsierte.

Er presste seine Lippen auf meinen Nacken und küsste die Bissspuren, mit denen er mich beansprucht hatte.

Wasser, das meine Kehle hinabbrann.

Sein *Sperma.*

Als ich erwachte, war er tief in meinem Mund und meine Kehle arbeitete hart, als ich das Sperma herunterschluckte. Er knurrte.

Er schmeckte *so* gut. So perfekt. Meine neue Lieblingsspeise.

„Verdammt, Riley. Ich liebe es, wie du mich gerade ansiehst." Er stieß so weit in meine Kehle hinein, dass ich befürchtete, er könnte mir die Kehle zuschnüren.

Das tat er nicht.

Er massierte lediglich die Wurzel seines Schafts und spritzte noch mehr von seinem Sperma in meinen Mund.

Ich schluckte ungeduldig.

Und dann war er wieder in mir.

Von hinten.

Von vorne.

Es war alles verschwommen, meine Hitze verwirrte meine Gedanken und ließ mich unkonzentriert teilnehmen.

Nachdem mich Jonas stundenlang, tagelang, vielleicht sogar eine Woche lang gefickt hatte, begann die Welt langsam wieder einen Sinn zu ergeben.

Ich hatte vage Erinnerungen daran, wie er mich zum Essen zwang, oder an mein tierisches Knurren, wenn ich mich weigerte, und daran, dass er Wege fand, meine Wölfin mit einem gut getimten Knurren zu zähmen.

Es war wie ein undeutlicher Fiebertraum.

Ich spürte, wie ich mich langsam aus seinem Griff befreite, während ich aus dem Fenster auf die Bäume starrte. Die Sonne schien durch sie hindurch und ein Lufthauch kühlte mein Gesicht.

Ich schaute auf und sah, dass der Deckenventilator an war.

Jonas war nirgends zu sehen.

Stirnrunzelnd setzte ich mich auf, fiel aber sofort zurück, als ein Krampf meine Wirbelsäule hochschoss. *Aua.* Er hatte nicht gescherzt, als er gesagt hatte, dass ich seinen Knoten wochenlang spüren würde. Der verdammte Alpha hatte mein Inneres grün und blau gefickt.

„Riley?" Seine Stimme eilte ihm voraus, als er mit einem Tablett den Raum betrat.

Ich blinzelte ihn an und er lächelte. „Du bist wach", erkannte er.

Ich versuchte mich zu strecken und zuckte zusammen. „Ja", ich räusperte mich, meine Kehle schmerzte von dem Versuch, Worte zu formen.

„Hier." Er reichte mir eine Flasche Wasser. „Trink das."

Ich widersprach nicht, gehorchte einfach. Dazu musste ich mich ein wenig bewegen, aber jeder Schluck schien den Schmerz in mir mehr und mehr zu lindern.

Dann reichte er mir einen Teller mit Obst. Meine Augenbrauen schossen nach oben, da ich so etwas nicht erwartet hatte.

„In der Nähe gibt es einen Garten. Den hat schon lange keiner mehr abgeerntet." Er zuckte mit den Schultern. „Ich habe gespürt, dass deine Hitze bald nachlässt, also bin ich heute Morgen rübergelaufen, um ein paar Früchte zu pflücken. Ich habe auch ein paar Pfirsiche von dem Baum daneben gepflückt."

Ich nahm eine der Erdbeeren und stöhnte angesichts des süßen Geschmacks auf. „Oh, das ist gut", sagte ich.

Seine Lippen spitzten sich, und in seinem Blick lag eindeutig eine Erinnerung begraben.

Ich fragte nicht weiter nach, weil ich vermutete, dass ich etwas Ähnliches über sein Sperma gesagt hatte.

Er ließ sich neben mir nieder und half mir schließlich, mich aufzusetzen, damit ich leichter essen konnte, aber er sagte nichts. Er strich lediglich mit den Fingerspitzen über meine blauen Flecken, sein Blick war prüfend. Als er die Stelle an meiner Schulter erreichte, wo er mich beansprucht hatte, zuckte ich zusammen.

Sein Mund verzog sich nach unten, aber er sprach nicht. Stattdessen ließ er mich zu Ende essen, wofür ich dankbar war, denn ich war am Verhungern.

Ich trank zwei Flaschen Wasser, bevor ich mich wieder einigermaßen gut fühlte, aber ich hatte immer noch überall Schmerzen.

Er nahm mir den leeren Teller und die Flaschen ab und stellte sie auf den Nachttisch.

Nach einem weiteren Moment des Schweigens sah er mich schließlich wieder an. „Geht es dir gut?"

Ich berührte die Bisswunde. „Ich bin …" *Verwirrt? Überwältigt? Alles tut weh?* Ich konnte nicht wirklich die richtigen Worte finden.

Meine Reaktion schien ihn ein wenig zu verunsichern, denn sein Blick wurde im nächsten Moment unruhig.

„Du hast mir die Erlaubnis gegeben, Riley. Du hast mir gesagt, ich solle dich beanspruchen."

Ich runzelte die Stirn. „Ja, ich erinnere mich."

„Und doch bereust du es jetzt?", fragte er.

Meine Augen weiteten sich. „Du denkst, ich bereue es?"

„Tust du es nicht?"

„Nein", antwortete ich sofort. „Ich muss nur … alles verarbeiten." So. Das war eine gute Art, um zu beschreiben, wie ich mich fühlte.

Sein Kiefer spannte sich an. „Ich rieche Zweifel."

„Der Zweifel, den du wahrnimmst, kommt nicht daher, dass ich deine Behauptung infrage stelle. Es fällt mir schwer, mich an alles zu erinnern, was danach geschah … bis zum heutigen Tag." Ich griff nach ihm und erkannte, dass ich dieses Gefühl der Unsicherheit in ihm durch mein Verhalten im letzten Jahr ausgelöst hatte.

Sein Blick traf meinen, und die Wildheit in ihnen raubte mir den Atem als er sagte: „Ich bedaure es nicht."

„Gut", sagte ich. „Denn ich bereue es auch nicht."

„Gut", antwortete er.

Ich zog eine Augenbraue hoch und blickte ihm direkt in seine wunderschönen Augen.

„Wirst du mich jetzt küssen, oder muss ich betteln?", verlangte ich zu wissen.

Er stieß ein Lachen aus und schüttelte den Kopf. „Ich glaube, ich will dich betteln hören."

„Oh, fick dich."

„Das ist kein guter Anfang, Riley", schimpfte er, aber in seiner Stimme lag ein Lächeln. „*Bitte fick mich* sind die Worte, nach denen du suchst."

„Vielleicht werde ich dir nie wieder sagen, dass du mich ficken sollst."

„Dann knurre ich so lange, bis du deine Meinung änderst", antwortete er.

Ich verengte meinen Blick. „Das ist Betrug."

„Das ist *Biologie*, Doc."

Ein Teil von mir wollte entrüstet protestieren, aber ich kicherte auch, denn das war ein cleveres Wortspiel.

Er hatte nicht Unrecht.

Es *war* Biologie.

Das Knurren eines Alphas bereitete eine Omega sofort auf Sex vor, aber dieser Alpha brauchte nicht zu knurren. Ich war bereits feucht, weil ich ihn wollte.

Ich wollte seinen Knoten.

Ich wollte sein Schnurren.

Ich wollte Jonas.

„Bitte fick mich, Alpha", sagte ich leise. „Aber sei sanft. Ich bin wund."

Sein Blick wurde sofort sanfter, als er nach mir griff. „Soll ich erst deine blauen Flecken küssen?"

„Ja, bitte."

„Ich fange mit diesem hier an", sagte er und beugte sich vor, um mit seinen Lippen über meine Schulter zu fahren.

Meine Haut kribbelte als Reaktion auf seine Aufmerksamkeiten und auf das, was es bedeutete, dort geküsst zu werden.

Er hatte mich wieder beansprucht, aber auf sanfte Art und Weise.

„Ich werde jeden Zentimeter deines Körpers küssen", sagte er, während er sich einen Weg zu meinem Ohr leckte. „Und dann werde ich dich noch einmal baden, um die Schmerzen zu lindern."

Ich nahm an, er meinte ein weiteres Bad wie das, das wir zusammen genommen hatten … wann auch immer das gewesen war, aber dann wurde mir klar, dass er heute ein anderes meinte.

Er hatte mich offensichtlich kürzlich gebadet.

Als ich aufwachte, war ich sauber und nicht mit unseren Flüssigkeiten bedeckt.

Ich erkannte, dass ich mich in einem Bett und nicht in einem Nest befand.

Ich drückte meine Handfläche auf seine Brust und schaute mich verwirrt um.

„Was ist?", fragte er.

„Ich ... ich habe nicht genistet?"

„Wir haben uns nicht gepaart", sagte er. „Du bist nicht schwanger."

Ich runzelte die Stirn. „Aber ich bin läufig gewesen."

„Nach einem Jahrzehnt der Einnahme von Unterdrückungsmitteln", murmelte er. „Ich gehe davon aus, dass das eine Rolle gespielt hat oder es vielleicht Schicksal war."

Ich sah ihn an. „Du bist nicht böse?"

„Natürlich bin ich nicht böse." Er streichelte meine Wange. „Du hast immerhin noch die Welt zu retten, Riley. Welpen können warten oder wir entscheiden uns, gar keine zu bekommen."

Ich konnte es nicht verhindern ... ich *starrte* ihn an. „Du ... du wärst wirklich damit einverstanden, keine Welpen zu haben?" Er hatte es schon vorher irgendwie angedeutet, aber dass er es jetzt noch einmal sagte, *nachdem* er mich beansprucht hatte, machte es irgendwie noch realer.

„Wenn du keine Welpen willst, ist es okay, Riley. Ich meinte, was ich sagte ... ich werde dir nicht die Wahl nehmen."

„Aber dann musst du etwas während meiner Zyklen nehmen ..." Es gab Medikamente, mit denen sich Alphas während der Läufigkeit einer Omega unfruchtbar machen konnten. Viele von ihnen nahmen die Pillen später im Leben, wenn sie eine Pause vom Kinderkriegen brauchten. Es war quasi die männliche Geburtenkontrolle.

Jonas zuckte mit den Schultern. „Wenn das bedeutet,

dass du keine Unterdrückungsmittel mehr nimmst und wir trotzdem deine Hitze spüren, ist das für mich eine gute Lösung."

Ich saß wie erstarrt da und starrte ihn einfach nur an.

Es war ironisch, wenn man bedachte, wie oft er mich früher angestarrt hatte.

Ich konnte nicht glauben, dass dieser Mann wirklich echt war, und zwar nicht nur echt, sondern auch noch *mein*.

„Ich glaube, ich könnte dich lieben, Jonas."

Er spitzte die Lippen. „Nun, das ist gut, denn ich glaube, ich könnte dich auch lieben."

Ich warf meine Arme um ihn und zog ihn an mich. „Du wirst mich jetzt knoten", befahl ich.

„Ich glaube, du verstehst den Teil mit dem *Bitte* nicht", warf er ein.

Ich beschloss, dass wir, zumindest im Moment, mit Reden fertig waren, und küsste ihn.

Ich würde ihm bald wieder die Hölle heiß machen, vor allem, weil das offenbar zu Bestrafungen mit vielen Orgasmen führte.

Aber in diesem Moment wollte ich einfach bei ihm sein.

Ich wollte ihn küssen.

Von ihm geliebt werden.

Ihn so ehren, wie er mir versprochen hatte, mich zu ehren.

Einfach *leben* und diesen neuen Weg gehen.

Mit Jonas, *meinem Gefährten.*

KAPITEL 14

JONAS

Irgendwo in North Carolina

RILEY und ich verbrachten weitere zwei Tage zusammen im Bett.

Es war wahrscheinlich nicht die klügste Entscheidung, aber sie musste vor unserer Reise erholt und gesund sein. Das bedeutete, dass wir vorsichtiger fickten und zwischendurch mehr erholsame Bäder nahmen. Sie brauchte auch ausreichend Nahrung. Zum Glück liebte sie Obst — und Gemüse gegenüber war sie auch nicht abgeneigt.

Ich hatte in meiner Wolfsgestalt nach Fleisch gejagt. Sie war nicht begeistert von dem Hirsch, den ich erlegt und nach Hause gebracht hatte, aber sie hatte ihn trotzdem gegessen. Sie brauchte die Proteine.

Die zarte Rosafärbung ihrer Wangen verriet mir, dass es die richtige Entscheidung gewesen war.

Wir waren beide im Morgengrauen aufgewacht, das Licht brach durch die dünnen Vorhänge.

„Hast du heute Lust auf einen Lauf?", fragte ich und strich mit den Fingerknöcheln über ihren Hals.

Sie nickte zaghaft. „Laufen gehen wäre schön."

„Acht oder neun Stunden lang?", drängte ich.

Sie sah mich an. „In Richtung Fort Bragg?"

„In Richtung Fort Bragg", bestätigte ich mit einem Nicken.

Sie lächelte und sagte schließlich, „Okay."

„Wir müssen uns einen anderen Ort suchen, wo wir schlafen können", warnte ich sie. „Wir werden ein paar Tage brauchen, bis wir ankommen."

„Ich weiß. Du hast mir gesagt, wir wären mindestens dreihundertzwanzig Kilometer entfernt." Sie gähnte und streckte sich, wodurch die Bettdecke an ihrem Körper herunterrutschte und ihre schönen Brüste zum Vorschein kamen.

Ich beugte mich vor und nahm eine Brustwarze in den Mund.

Die Situation erlaubte es und ich konnte nicht widerstehen.

Riley fuhr mit ihren Fingern durch mein Haar, hielt mich fest und ermutigte mich, daran zu *saugen*.

Meine perfekte Omega, dachte ich, stieg über sie und ließ mich zwischen ihren gespreizten Schenkeln nieder. *Meine perfekte Gefährtin.* Ich glitt in ihre feuchte Spalte und bewegte mich langsam, nicht schnell, und genoss die *Intimität* zwischen uns.

„Du bist wunderschön", sagte ich ihr und drückte meine Lippen auf ihren Hals. „Und du fühlst dich …" Ich glitt tiefer in sie hinein. „So verdammt gut an, Riley. So verdammt gut."

Sie hob ihre Hüften, um mir entgegenzukommen, ihre Bewegungen waren genauso träge und langsam wie meine eigenen.

„Küss mich, Alpha."

„Wie du wünschst, Omega."

Ich knabberte an ihrem Ohrläppchen und strich mit meiner Nase über ihre Wange, bevor ich ihren Mund mit meinem verschloss.

Ihre Finger fuhren immer noch durch mein Haar, aber ihre andere Hand wanderte zu meiner Schulter und ihre scharfen Nägel gruben sich in meine Haut.

Temperamentvoll, dachte ich und mochte ihre kleinen Krallen. Das Tempo erhöhte ich dennoch nicht.

Ich ging es langsam an, glitt fast ganz aus ihr heraus und dann wieder in sie hinein. Sie schlang ihre Beine fest um mich, ihr Innerstes verlangte, dass ich sie verknotete.

Ich schätzte ein geduldiges Liebesspiel und wollte diese schöne Erfahrung genießen.

Lass sie darum betteln, dachte ich.

Sie war so verdammt empfänglich, ihr kleiner Körper war so gut darauf abgestimmt, meine Stöße, meinen Umfang, meinen *Schwanz* zu akzeptieren.

Ich hatte nie damit gerechnet, dass ich mir eine Gefährtin nehmen würde, und jetzt konnte ich mir ein Leben ohne sie nicht mehr vorstellen.

Meine Riley. Meine Omega. Meine Gefährtin.

Ich küsste sie voller Gefühl, wollte, dass sie die Hingabe und Dankbarkeit verstand, die ich nach unserer Vereinigung empfand.

Ich hatte befürchtet, sie würde aus ihrem Rausch erwachen und mich verleugnen, doch das hatte sie nicht getan. Sie hatte es ohne einen Blick zurück akzeptiert. Ihre einzige Sorge bestand darin, alles zu verstehen, was geschehen war. Ich hatte Zweifel in ihr gespürt, aber es waren nicht die Zweifel, die ich erwartet hatte.

Ich hatte ihr seitdem mit meinem Mund, meinen Händen und meinem Körper gedankt.

Sie schlang ihre Beine um mich, ihre süße Mitte schaukelte gegen mich in einem sinnlichen Kuss der Glückseligkeit. Es war eine Einladung und ein Necken zugleich. Sie wollte, dass ich sie härter fickte, während sie mich herausforderte, es nicht zu tun.

„Verführerin", murmelte ich gegen ihre Lippen.

Sie lächelte. „Fick mich, Alpha."

„Das tue ich."

„Härter."

„Nein." Ich knabberte an ihrer Unterlippe und wurde noch langsamer.

Sie knurrte.

Das provozierte ein Knurren meinerseits, das sie erschaudern ließ. „Ja, dieses Spiel können auch zwei spielen, Omega." Nur machte mein Knurren sie noch feuchter und lüsterner.

„Das ist nicht fair", keuchte sie und wölbte sich wieder in mich. „*Jonas.*"

Ich küsste sie unterm Ohr. „Geduld, *ástin mín.*"

Sie erschauerte. „*Ástin mín.*" Sie schien den Kosenamen abzuschmecken, oder vielleicht wiederholte sie ihn, um sicher zu sein, dass sie ihn richtig verstanden hatte.

„Mein Herz", flüsterte ich und übersetzte es für sie, während ich bis zum Anschlag in sie eindrang.

„Isländisch?"

„Mmhmm", brummte ich zur Bestätigung.

„Ich mag es", gab sie stöhnend zu. „*Mehr.*"

„Du bist wunderschön", sagte ich ihr auf Isländisch. „Und ganz und gar mein. Gehörst nur mir. Ich weigere mich, dich zu teilen, meine Liebe. Mein Wolf hat dich gewählt. Mein Knoten gehört dir. Nur dir."

Sie schlang ihre Beine fester um mich und ihr Körper bebte dank meiner isländischen Worte. Sie konnte sie nicht verstehen, aber sie hörte die sinnlichen Untertöne, die jede Aussage umschmeichelten.

„Gefällt es dir, wenn ich in meiner Muttersprache mit dir spreche?", fragte ich, während ich sie weiter langsam fickte.

„Ja", hauchte sie und ihre Krallen gruben sich erneut in meine Schultern. „Deine Stimme erinnert mich an dein Schnurren."

Ich stieß ein zustimmendes Knurren aus und grinste über die Art und Weise, wie ihr Körper daraufhin erbebte. „Ist dir *das* lieber oder mein Schnurren?"

„Beides. *Alles.*" Sie fuhr mir mit den Fingernägeln über den Rücken und ihre andere Hand formte eine Faust in meinem Haar. „*Bitte*, Jonas. Verknote mich. I-ich *brauche es.*"

Ich drückte ihr einen Kuss auf den Pulspunkt ihres Halses, genoss das Pulsieren ihres Blutes unter meinen Lippen und kehrte mit meinem Mund zu ihrem zurück.

Sie wimmerte ein wenig aus Protest, doch dieses Wimmern verwandelte sich in ein Stöhnen, als ich ihr gab, was sie brauchte. Ich pumpte meinen Schwanz tief in sie hinein, sodass sie jeden Zentimeter spüren konnte.

„Reib deine Perle", sagte ich. „Reibe diese kleine geschwollene Knospe und führe dich, mit meinem Schwanz tief in dir drinnen, zum Orgasmus."

„Ja", hauchte sie, ihre Fingernägel fuhren über meinen unteren Rücken, über meine Seite und dann zwischen uns.

Ihr Körper zuckte als Reaktion auf ihre eigene Berührung und ich stieß schneller und härter zu.

Mein Name drang über ihre prallen Lippen und ihre Schenkel zogen sich fest um mich zusammen.

Diese Position war intimer, denn so konnte ich die Emotionen sehen, die sich in ihrem schönen Gesicht abspielten.

Die heiße Erregung und die quälende Erlösung.

„Komm für mich", forderte ich erneut. „Dann werde ich dich verknoten."

Ihre Zähne bohrten sich in meine Unterlippe und Blut trat hervor, während sie unter mir auf der Welle der Lust ritt.

Es tat auf die beste Art und Weise weh, trieb mich vorwärts und zwang mich, ihr in die Vergessenheit zu folgen.

Meine Omega hatte mich gerade *markiert*, nicht nur mit ihren Krallen, sondern auch mit ihren Zähnen.

„*Scheiße*, Riley", stöhnte ich und beugte meinen Kopf herunter zu ihrem Hals, zu der kleinen, sichelförmigen Narbe, die sich gebildet hatte. Ich biss sie nicht noch einmal, küsste lediglich die abgeheilte Wunde, die ich bei meiner Beanspruchung verursacht hatte, und ritt mit ihr auf den Wellen der Lust.

Sie klammerte sich an mich, während ich sie in meinen Schutz und meine Wärme einhüllte. Ich schwor, immer für sie da zu sein, sie immer zu beschützen und immer dafür zu sorgen, dass sie verstand, was es bedeutete, mir zu gehören.

Wir hatten vielleicht nicht den perfekten Anfang gehabt, aber wir wuchsen zusammen und wurden eine Einheit.

Sie gab einen kleinen Laut der Zufriedenheit von sich, der mein Schnurren zum Leben erweckte. Ihr daraus resultierender Seufzer sagte mir, dass es genau das war, was sie wollte, denn das Geräusch beruhigte sie, während ihr Innerstes um meinen Schwanz pulsierte.

Es war die perfekte Paarung.

Eine Begegnung, die für so viel mehr bestimmt war.

Ich küsste meine Markierungen erneut, bevor ich wieder meine Lippen zu ihrem Ohr führte. „Wir werden hiernach duschen und etwas essen. Danach werden wir laufen und heute Abend verknote ich dich an einen Baum gelehnt."

Vielleicht wird daraus auch eine Mittagsaktivität, überlegte ich.

Ich war mir nicht sicher, ob ich es länger als ein paar Stunden aushalten würde, ohne in ihr zu sein.

Mein Wolf bestätigte diesen Gedanken, als sich mein Knoten löste, denn sein Instinkt, sofort von vorne zu beginnen, traf mich hart.

Ich zwang mich jedoch, aus Rileys feuchtem, warmem Himmel zu gleiten, und trug sie in die Dusche, die jetzt, da die ganze Solartechnik instandgesetzt war, wunderbar funktionierte.

Ich würde diesen kleinen Hafen des Friedens und der Glückseligkeit wirklich vermissen.

Aber wir mussten zur Basis kommen. Die anderen waren wahrscheinlich schon besorgt; wir hätten schon vor einigen Tagen ankommen sollen, aber Rileys Hitze hatte eine Woche angedauert und wir hatten zwei zusätzlichen Tage im Bett verbracht.

Ich bereute es nicht und nach dem zu urteilen, wie Riley sich jetzt an mich schmiege, wusste ich, dass sie es auch nicht tat.

Sie schenkte mir ein verschlafenes Lächeln, als ich ihr die Haare wusch. „Ich fange gerade an, die ganze Sache wirklich zu schätzen."

„Ja?" Ich fuhr mit den Fingern durch ihr Haar und massierte die Spülung ein.

„Ja", wiederholte sie, während ihre Hand meinen Bauch fand und meine Haut mit Seife einrieb.

Als sie sich nicht von meinem Oberkörper entfernte, sagte ich: „Ich habe noch mehr zu bieten als meine Bauchmuskeln, ástin mín."

„Ich weiß." Ihre Hände glitten hinunter zu meinem halbharten Schwanz. Sie streichelte ihn, bevor sie nach oben glitt und meine Eichel massierte.

„Mach so weiter und ich ficke dich in der Dusche."

„Du sagst das, als wäre es eine Drohung und kein Versprechen", murmelte sie und drückte kurz zu.

„Vielleicht werde ich deinen ungehorsamen Arsch ficken."

„Vielleicht gefällt mir das ja", erwiderte sie und hob herausfordernd eine Braue.

Ich drückte sie mit dem Rücken gegen die Wand, meine Hände in ihrem Haar, und drängte meine Erregung gegen ihren weichen Bauch. Sie war viel kleiner als ich und das schien mich nur noch härter zu machen.

„Du musst noch laufen können", sagte ich ihr. „Wenn ich diesen kecken Hintern nehme, wirst du nicht mehr sitzen können, geschweige denn laufen." Ich beugte mich vor und presste meine Lippen auf ihr Ohr. „Aber wenn du ein braves Mädchen bist, werde ich auf der Basis deinen knackigen Hintern ficken und dich zum Schreien bringen, damit alle anderen es hören können."

Sie erschauderte. „Ja, bitte."

Ich biss in ihr Ohrläppchen. „Zeig mir, dass du es ernst meinst, und seife den Rest von mir ein."

Ihre Hände wanderten sofort wieder meinen Oberkörper hinauf, und dieses Mal über meinen Hintern, dann meinen Rücken. „So eine brave Wölfin", murmelte ich auf Isländisch. „Mach weiter so und ich werde dich noch mehr belohnen."

Sie antwortete mit einem Seufzer, offensichtlich hatte sie keine Ahnung, was ich gesagt hatte, aber der Tonfall gefiel ihr trotzdem.

Ich küsste ihren Pulspunkt und fuhr fort, ihr Haar zu waschen.

Dann nahm ich ihr die Seife ab und wusch vorsichtig jeden Zentimeter ihres köstlichen Körpers.

Während ich mich hinkniete, um ihre Beine zu waschen, arbeitete sie mit Leichtigkeit das Shampoo in meine Haare ein und wusch mir den Kopf, bevor ich uns beide mit dem Duschkopf abspülte.

Als wir fertig waren, war ich mehr als bereit, sie wieder zu ficken, tat es aber nicht.

Stattdessen konzentrierte ich mich darauf, sie zu füttern.

Wir hatten keine Kleidung mehr, aßen einfach nackt in der Küche und tranken genug Wasser, um in dieser Hitze beim Laufen nicht zu dehydrieren.

Als wir fertig waren, nickte sie. „Ich bin bereit."

„Gut." Ich küsste sie auf die Stirn und führte sie nach draußen. „Lass uns aufbrechen."

KAPITEL 15

JONAS

IRGENDWO IN NORTH CAROLINA

Vier Tage später

„ICH WERDE DAS VERMISSEN", sagte ich und blickte in ihre schönen Augen. Die Bäume tanzten über unseren Köpfen, wobei die Blätter einen Teil der Morgensonne zurückhielten, aber die Sonnenstrahlen zeichneten dennoch ein engelhaftes Leuchten um die atemberaubend schönen Gesichtszüge meiner Gefährtin.

Ihre Lippen waren leicht geöffnet, ihre Wangen hatten einen hübschen rosa Farbton angenommen und ihr Körper bebte immer noch von den Nachwehen ihrer Lust.

Sie war heute Morgen auf mir geritten, wie schon die letzten Male, nachdem sie die Nacht über in Wolfsgestalt neben mir geschlafen hatte.

Sobald die Sonne aufging, verwandelten wir uns in Menschen zurück, fickten und suchten nach Nahrung, bevor wir unsere Reise fortsetzten.

Heute würden wir wahrscheinlich unsere letzte Etappe überwinden.

Wir waren gut vorangekommen und hatten im Laufe der Tage eine ordentliche Strecke zurückgelegt, bevor wir meist in einem Wald einen sicheren Platz zum Ausruhen fanden.

Entlang der Strecke gab es immer wieder ein paar kleinere Hütten und Häuser, aber wir hatten uns dafür entschieden, in der Natur zu übernachten, damit unsere Wölfe umherstreifen konnten.

Wir schienen jedes Mal zu ficken, wenn wir uns in unsere menschliche Gestalt verwandelten, aber ich würde mich nie darüber beschweren.

Ich hatte ernst gemeint, was ich gesagt hatte – ich würde es vermissen, jeden Morgen auf diese Weise aufzuwachen. Das würden wir in der Basis nicht mehr machen können, zumindest nicht so … unter den Bäumen und umgeben von den Geräuschen des Waldes.

Es war beruhigend.

Eine Umgebung, fast zu schön, um wahr zu sein.

Nur um uns herum herrschte Chaos und Elend.

Das ist die Realität der Situation, dachte ich. *Eine Realität, zu der wir jetzt zurückkehren müssen.*

Riley hatte eine Aufgabe zu erledigen, genau wie ich.

Sie lebte für ihre Arbeit, und ich lebte jetzt für sie. Wenn sie das nächste Jahrhundert mit der Suche nach einem Heilmittel verbringen wollte, würde ich ihr zur Seite stehen und ihr helfen, wie auch immer sie es zuließe.

Und jeden verdammten Morgen werde ich sie verknoten, dachte ich, als sie sich zu mir hinunterbeugte, um ihre Lippen auf meine zu drücken.

Sie lächelte zufrieden und ihre Brüste pressten gegen meine Brust. „Ich werde es auch vermissen, aber wir können laufen gehen und diese schönen Momente wiederholen, wann immer du willst."

„Ja?" Ich küsste sie sanft. „Ist das ein Versprechen?"

„Wenn du ein guter Alpha bist", antwortete sie.

Meine Lippen zuckten. „Und was passiert, wenn ich ein schlechter Alpha bin?"

„Hmm." Sie drängte ihre Hüften gegen meine. „Ich werde dich nicht reiten, wenn du aufmüpfig wirst."

„Oh, wirklich?" Ich packte ihre Hüften und drehte sie um, sodass ich auf ihr lag. „Vielleicht knurre ich einfach und nehme dich", schlug ich vor. Mein Schwanz war immer noch hart, obwohl ich gerade in ihr gekommen war. Diese Frau machte mich unersättlich.

„Nur wenn du mir versprichst, dass du mich zuerst leckst", sagte sie.

Ich hob eine Braue nach oben. „Wenn ich böse bin, habe ich vielleicht keine Lust, dich zu verwöhnen."

„Dann werde ich mich wie eine Göre benehmen, um deine kreative Ader für Bestrafungen zu inspirieren", erwiderte sie, wobei ihre freche Antwort direkt mein Herz traf und ein Lachen in meiner Brust hervorrief.

Ich küsste sie noch einmal und genoss es, wie sie sich unter mir und an meiner Brust anfühlte. „Möchtest du ein Geheimnis wissen, Riley?", fragte ich sanft.

„Ja", flüsterte sie.

Ich drückte meine Lippen auf ihr Ohr. „Ich werde immer dazu inspiriert sein, dich zu verwöhnen. *Vor allem,* wenn ich böse bin." Ich knabberte an ihrem Ohrläppchen und küsste sie auf die Schulter. „Das tue ich, weil du mir gehörst, und ich werde dir immer gefallen wollen, *ástin mín.*"

Sie fuhr mit ihren Fingern durch mein Haar, zog mich näher an sie heran und presste ihren Mund auf meinen. „Kann ich dir jetzt ein Geheimnis verraten?"

„Immer", hauchte ich gegen ihre Lippen.

„Ich glaube nicht, dass du weißt, wie man ein schlechter Alpha ist", sagte sie ernst. „Du bist so viel besser als alle, die ich je getroffen habe, und ich bin froh, dass ich dich *mein* nennen kann."

„Hmm, du *kannst* also nette Dinge zu mir sagen", neckte ich und kitzelte sie. „Ich schätze, du brauchtest nur einen guten Knoten."

Sie kicherte, ein Geräusch, das ich immer wieder hören wollte. „Dein Knoten ist in dieser Situation sicher von Vorteil."

„Ist er das?", fragte ich, fast beiläufig, bereit, sie wieder zu ficken. „Möchtest du diese Theorie nochmal testen, um …"

Meine Nackenhaare sträubten sich, um mich auf die subtile Veränderung der Energie um uns herum aufmerksam zu machen.

Riley verstummte, ihre Augen auf mich gerichtet. Sie hatte die Veränderung vielleicht noch nicht bemerkt, aber sie konnte allein an meiner Reaktion erkennen, dass etwas nicht stimmte.

„Verwandle dich", verlangte ich, als ich mich von ihr löste. „Jetzt sofort."

Sie widersetzte sich nicht, sondern reagierte sofort und ging im nächsten Augenblick auf alle Viere. Ich stand versteinert da, und meine Sinne erwachten zum Leben, als meine Nasenflügel beim Geruch der sich nähernden Alphas aufflackerten.

Mindestens zwei.

Vielleicht drei.

Die Aggression, die von ihnen ausging, bestätigte, dass sie nicht für ein höfliches Gespräch hier waren.

„Wir sind etwas mehr als achtundvierzig Kilometer von der Basis entfernt", sagte ich mit leiser Stimme. „Ich werde dich in die Richtung führen, in die du laufen musst, und möchte, dass du so schnell wie möglich und so lange wie möglich rennst und dich nicht umdrehst."

Sie stieß ein kleines, beschützendes Winseln aus, das in meiner Brust ein Knurren aufkommen ließ.

„Das steht nicht zur Debatte, Riley. *Du wirst rennen.*" Ich legte jedes Quäntchen Alphastärke in diese drei Worte und mein Wolf weigerte sich, eine Alternative in Betracht zu ziehen. Sie würde gehorchen. Sie würde überleben. Und ich würde diese Arschlöcher bis zum bitteren Ende bekämpfen.

Ihre Lust mischte sich mit ihrer Aggression. Die Alphas waren auf der Jagd nach der Omega, die sie wahrscheinlich schon von Weitem gewittert hatten.

Es würde sie nicht interessieren, dass sie bereits beansprucht worden war.

Sie würden versuchen, mich aus dem Verkehr zu ziehen und sie für sich selbst zu gewinnen.

Alles an ihrem sich nähernden Geruch verriet eine sehr wichtige Tatsache – diese Alphas waren der animalistischen Seite erlegen.

Sie würden nicht gütig sein und sie würden auch nicht auf Vernunft hören.

Dominanz lautete die Devise und ich konnte meine Rolle nicht mit Riley an meiner Seite spielen.

Sie senkte den Kopf und bestätigte damit, dass sie meinem Befehl folgen würde, aber nicht bevor ich ein weiteres Winseln zu hören bekam. Dieses war von Angst geprägt, denn ihre Wölfin hatte wahrscheinlich den wilden Geruch aufgeschnappt, der in unsere Richtung wehte.

Ich legte meine Hand in ihren Nacken und drückte sie fest. „Du gehörst mir, Riley Campbell. Ich werde dir jetzt zeigen, was das wirklich bedeutet. Lass uns rennen."

Ihre dunklen Augen trafen die meinen, und tiefes

Verständnis schien sich zwischen uns einzustellen.

Ich sprang von ihr weg und landete auf allen Vieren, wobei mein Wolf sofort das Kommando übernahm. Er achtete auf Rileys Bewegungen, während wir zusammen liefen, ihr Geruch war der beste Hinweis darauf, dass sie immer dicht in meiner Nähe blieb.

Sie war schnell und erlaubte mir, ein anspruchsvolles Tempo vorzugeben, aber es würde nicht schnell genug sein, um den Alphas zu entkommen. Sie jagten uns wie Beute, und würden Riley von Natur aus als Schwäche betrachten.

Meine Schwäche.

Ich würde für sie sterben und sie würden das vorhersehen. Deshalb musste sie so schnell wie möglich weglaufen und versuchen, Abstand zwischen uns zu bringen, bevor der Kampf begann.

Wenn sie sie auch nur berührten, würde ich die Kontrolle verlieren.

Ich würde sie *zerfetzen.*

Ich musste meine strategische Seite aktivieren und mich konzentrieren, um angemessen kämpfen zu können, denn wilde Alphas waren brutal.

Sie kämpften mit ihren Zähnen, nicht mit ihrem Verstand. Das würde ich zu meinem Vorteil nutzen, vorausgesetzt, ich könnte Riley zuerst in Sicherheit bringen. Ich wäre sonst zu sehr damit beschäftigt, sie zu schützen.

Als wir die Landstraße erreichten, auf der wir gestern gelaufen waren, wurde ich langsamer und sah Riley an. Ich hatte ihr gestern Abend gesagt, dass diese Straße nach Fort Bragg führte. Ich gestikulierte jetzt mit meiner Schnauze, damit sie wusste, in welche Richtung sie laufen musste, aber sie verlangsamte ebenfalls ihre Schritte.

Ich knurrte und zeigte wieder in die Richtung. *Geh.*

Sie blinzelte und zuckte zusammen, als in der Ferne ein Heulen ertönte.

Jetzt, Riley, sagte ich ihr mit einem weiteren Knurren.

Daraufhin stupste sie meine Schnauze mit ihrer an.

Ich dachte, sie wollte damit vielleicht sagen, dass *sie nirgendwo hingehen würde,* doch gerade als ich eine Forderung ausstoßen wollte, schoss sie vorwärts und lief so schnell sie konnte.

Ihr rötlich-braunes Fell schimmerte in der Sonne, ihre schlanke Gestalt war schnell und anmutig und so verdammt schön, dass es mir im Herzen weh tat, sie fliehen zu sehen.

Der aggressive Duft, der in der Luft lag, erdete mich in diesem Moment und verlangte nach meiner vollen Aufmerksamkeit.

Diese Wichser hatten sich den falschen Alpha ausgesucht. Herausforderung angenommen.

Ich drehte mich um, lief in die Mitte der Straße, um für den bevorstehenden Kampf einen möglichst großen Freiraum zu haben.

Meine Nase sagte mir, dass zumindest einer der sich nähernden Wölfe ein X-Clan-Alpha war. Der andere roch ein wenig anders, nicht nach V-Clan – die waren selten und lebten nicht als wilde Alphas – sondern nach einer Art Wolf, vielleicht einem Wikinger-Alpha?

Egal. Beide gehörten ins Exil.

Ich konnte den üblen Geruch ihrer bösartigen Gedanken riechen. Diese beiden Kreaturen waren irreparabel gebrochen.

Sie könnten vom Virus beeinflusst werden, aber das war zweifelhaft. Manche Wölfe waren einfach dazu prädisponiert, verrückt zu werden. Vielleicht hatte einer von ihnen seine Gefährtin verloren oder zu viele Monate oder Jahre in Wolfsgestalt verbracht.

Es gab mehrere Möglichkeiten.

Ich hatte jetzt jedoch keine Zeit, darüber nachzudenken, denn sie kamen, und wenn sie mich besiegten, würden sie auf Riley losgehen.

Über mein Fell rollte statische Energie und ließ jedes Haar zu Berge stehen. *Kommt und holt mich,* dachte ich, und mein Wolf knurrte tief zur Warnung.

Der erste Wolf durchbrach die Baumgrenze, sein Maul öffnete sich zu einem Knurren, als er mir in die Augen sah.

Da ist der X-Clan-Alpha. Nun, wo ist dein Kumpel?, fragte ich mich, und meine Nackenhaare stellten sich auf, als ich in der Luft schnupperte. *Nicht weit weg, aber auch nicht hier.*

Ich verengte meinen Blick. *Was habt ihr zwei vor?*

Der große schwarze Wolf vor mir gab mir keine Antwort darauf. Er stürzte sich einfach mit einem wilden Knurren auf mich.

Ich wich ihm aus, um zu testen, wie schnell er war, um zu sehen, womit ich es hier zu tun hatte. Er versuchte erneut, mich zu überrumpeln und bewies mir damit, dass es ihm an Finesse mangelte, aber er war groß und hatte definitiv eine Menge Muskeln.

Er stürzte sich erneut auf mich und sein Knurren ließ die Luft zwischen uns vibrieren.

Ich drehte mich weg, duckte mich und holte mit meiner Pfote aus, um ihn genau an der Kehle zu treffen.

Seine Bewegungen waren vorhersehbar, sodass er leicht zu entwaffnen war.

Er war ein Wilder, sodass ein Kratzer an der Kehle – die Wunde blutete stark – nicht ausreichte, um ihn wirklich zu Fall zu bringen.

Seine Bewegungen waren nicht flüssig und wurden langsamer, während seine Gestaltwandler-Gene daran arbeiteten, ihn so schnell wie möglich zu heilen.

Er versuchte immer wieder, mich zu Fall zu bringen

und verließ sich bei jedem Sprung nach vorn auf sein Gewicht und seine Größe.

Ich schlug ihn noch zweimal mit meinen Pfoten und sprang dann selbst auf seinen Rücken. Dann nahm ich seinen Hals in die Zange und riss ihn zur Seite, wobei noch mehr Blut vergossen wurde.

Sein Knurren verwandelte sich in ein Röcheln, als ich weiter an ihm nagte, bis er schließlich – getränkt mit seinem eigenen Blut – am Boden lag und starb.

Erst als er seinen letzten Atemzug tat, wurde mir klar, dass sein Kumpel noch nicht aufgetaucht war.

Sein Geruch war nicht mehr wahrzunehmen, zumindest nicht in einer Weise, die darauf schließen ließ, dass er sich mir näherte.

Ich drehte mich um und schnupperte nach dem Geruch seiner Aggression.

Es war nicht typisch für einen wilden Alpha, vor einem Kampf davonzulaufen, es sei denn, er hatte etwas Interessanteres entdeckt, dem er nachgehen konnte.

So etwas wie … eine Omega.

Ich lief in die Richtung, in die Riley verschwunden war, und verfolgte nicht nur ihren süßen Duft, sondern auch den Gestank der Aggression, der ihr folgte.

Der wilde Alpha hatte seinen Freund als Ablenkung benutzt, was darauf hindeutete, dass er sich nicht nur auf seine Instinkte, sondern auch auf seinen Verstand verlassen hatte.

Vielleicht ist er nicht wirklich seiner animalistischen Seite erlegen.

Vielleicht hat er den anderen Alpha nur als Lockvogel benutzt.

Das bedeutet, dass die eigentliche Herausforderung in der Jagd auf Riley besteht.

Scheiße.

KAPITEL 16
RILEY

Irgendwo in North Carolina

Der scharfe Geruch der Aggression verblasste nicht, sondern *wuchs* mit jedem Kilometer, den ich zurücklegte.

Ich rannte schneller und hoffte, dass es nur der Wind war, der in meine Richtung blies, aber meine Wölfin wusste es besser.

Einer von ihnen ist hinter mir her.

Ich konnte Jonas überhaupt nicht mehr riechen.

Ist er verletzt? Haben sie ihn irgendwie überwältigt?

Es schien unmöglich zu sein, Jonas auszuschalten, vor allem so schnell.

Hat sich einer der Alphas dazu entschlossen, mich zu jagen, anstatt gegen meinen Gefährten zu kämpfen?

Das bedeutete, dass er vielleicht nicht so verrückt war, wie er roch. Die meisten wilden Wölfe verließen sich auf ihre tierischen Instinkte, was in der Regel bedeutete, dass sie Konkurrenten ausschalteten, bevor sie sich mit einer potenziellen Gefährtin paarten.

Dieser Alpha schien mich strategisch zu verfolgen.

Weiß Jonas davon?

Wenn nicht, würde er bald davon wissen. Würde er schnell genug sein, um mir zu helfen?

Mein Kiefer spannte sich an. *Denk nach, Riley.*

Ich war keine normale Omega, aber meine Wölfin würde sich unterwerfen, wenn sie dazu gezwungen wurde, obwohl mich die Paarung mit Jonas vielleicht weniger anfällig für bestimmte Alpha-Tricks machen könnte, wie zum Beispiel ihr Knurren.

Wenn ich gefangen wurde, könnte ich so tun, als würde ich flehen und seinen Sieg zu meinem Vorteil nutzen.

Alphas erwarteten von Omegas keinen großen Kampf – etwas, das mir in diesem Kampf einen Vorteil verschaffen könnte, vorausgesetzt, die Bestie war nicht so wild, wie sie schien.

Seine Strategie ließ darauf schließen, dass dies der Fall sein könnte.

Ich kann dieses Tempo nicht dauerhaft durchhalten, dachte ich, und meine Beine begannen zu schmerzen. Ein Tempo von acht Kilometern pro Stunde war normal, aber ich konnte auch fünfzig Kilometer pro Stunde sprinten, allerdings konnte ich diese Geschwindigkeit nicht lange halten.

Der Alpha, der mir auf den Fersen war, holte auf, denn seine Größe und Stärke waren nicht mit der meinen vergleichbar.

Scheiße. Scheiße. Scheiße.

Denk nach, Riley, sagte ich mir wieder. *Es muss etwas geben, das ich tun kann, um ihn so lange abzulenken, bis Jonas …*

Einige Meter vor mir tauchte plötzlich und völlig unerwartet ein Mann auf, und stellte sich mir in den Weg. *Ein dritter Alpha.*

Dieser hatte ein Messer, aber stank nicht so aggressiv.

Dunkles Haar. Blasse Haut. Boshaftes Grinsen.

Wie hat er …?

Ich hatte keine Zeit zum Nachdenken, denn der andere Alpha hinter mir knurrte.

Bitte, dachte ich. *Ich muss sie anflehen und meine vermeintliche Schwäche als Vorteil nutzen.*

Ich senkte den Kopf, tat so, als würde ich mich unterwerfen, und verlangsamte mein Tempo.

Jonas kommt. Jonas kommt. Jonas kommt und rettet mich.

Das Mantra ging mir immer wieder durch den Kopf, denn meine Wölfin war sich seiner sicher.

„*Verwandle dich*", forderte der Alpha vor mir. „Oder ich werde dich dazu bringen."

Äußerst eloquent, stellte ich trocken fest und schnupperte unauffällig in der Luft. Ich hatte diesen Alpha überhaupt nicht gerochen. Der hinter mir hatte meine Sinne vernebelt.

Während mich die beiden jetzt in die Enge trieben, konnte ich erkennen, dass sie viel weniger wild waren als gedacht, was darauf hindeutete, dass sie den anderen Gestaltwandler benutzt hatten, um ihre Gerüche zu überdecken.

Clever, musste ich zugeben, auch wenn ich vor Angst zitterte.

Einige übernatürliche Wesen hatten sich entschieden, die Vorteile dieser neuen Welt zu nutzen. Wir brauchten uns nicht mehr zu verstecken. Die Menschen wussten, dass es uns gab, und waren zu sehr damit beschäftigt, sich vor Zombies zu verstecken, anstatt sich um die Welt des Übernatürlichen zu scheren.

Wölfe und alle anderen paranormalen Wesen mussten sich selbst regieren.

Und einige dieser Wesen mochten keine Regeln oder Gesetzte.

Diese beiden Alphas schienen in diese Kategorie zu fallen.

Ich blieb etwa drei Meter von dem Mann mit dem Messer entfernt stehen und senkte meinen Kopf.

Ich leitete meine Verwandlung ein, genau wie er es mir befohlen hatte, denn ich hatte keinen Zweifel daran, dass er seine Drohung, mich mit einem Knurren dazu zu zwingen, wahr machen würde. Es wäre vielleicht nicht so effektiv wie bei Jonas, aber ich wollte ihn nicht in Versuchung führen.

Dadurch bot sich mir eine Gelegenheit.

Ich verlangsamte mein Tempo, nicht nur, um Jonas mehr Zeit zum Aufholen zu geben, sondern auch, um schwach zu wirken.

Die Alphas stürzten sich nicht auf mich, ihre Augen waren zu sehr damit beschäftigt, meinen Körper zu betrachten, als ich wieder meine menschliche Form angenommen hatte.

Ein weiterer Punkt, den ich zu meinem Vorteil nutzen kann, dachte ich. *Alphas verfallen immer ihren Omegas. Sogar, wenn sie wild waren.*

Nach einigen quälenden Sekunden, die sich wie Stunden anfühlten, stand ich endlich aufrecht auf zwei Beinen. Aber ich hob meinen Kopf nicht. Stattdessen betrachtete ich die Schuhe des bekleideten Alphas.

Stiefel, erkannte ich. *Jeans. Hat er irgendwo noch mehr Waffen versteckt? Ein weiteres Messer? Etwas, das ich benutzen kann?*

„Dein schönes Fell passt zu deinem Haar", schwärmte er. „Wie schön."

Fast hätte ich geschnaubt. Eigentlich färbte ich mir die Haare, aber durch den Virus war das etwas schwierig geworden, da ich nicht einfach zum Friseur gehen konnte, um sie färben zu lassen.

„Komm her", forderte der Alpha. „Du und ich werden

uns besser kennenlernen, während sich Henrick um deinen Alpha kümmert."

Mein Kiefer spannte sich, sowohl wegen der Anspielung in seinem Ton, als auch wegen des Hauchs von Triumph in seinen Worten.

Um deinen Alpha kümmert, wiederholte ich. *Genau.*

Ich wollte, dass er denkt, es wäre einfach, um ihn in einem falschen Zustand der Sicherheit zu wiegen.

Ich zwang meine Füße, sich auf den Alpha zuzubewegen. Sein Geruch verriet mir, dass er kein X-Clan-Wolf war.

Er war auch kein V-Clan-Wolf.

Oder ein Wikinger-Alpha.

Was bist du?, fragte ich mich und atmete tief ein. *Kein Ash-Wolf.*

Eigentlich roch er gar nicht nach Wolf, aber auch definitiv nicht menschlich.

Die Antwort kam mir, als er nach meiner Kehle griff. Seine Hand umschloss meinen Hals, als er mich an seine Brust zog.

Ein Vampir, erkannte ich, und mein Atem stockte, als er seine Nase an meinen Pulspunkt presste. Kein Wunder, dass ich ihn nicht riechen konnte. *Mist.*

„Mmhmm", brummte er, während seine Reißzähne über meine empfindliche Haut strichen. „Frisches Omega-Blut."

Der Wolf hinter mir knurrte.

„Ja, ja, ich weiß, wir werden teilen. Du musst dich nur um ihren *Gefährten* kümmern." Sein Griff um meine Kehle wurde fester, während seine andere Hand zu meiner Hüfte wanderte. Sein Messer schien verschwunden zu sein.

In einer Messerscheide an seinem Gürtel? Oder hat er es zur Seite geworfen?

„Du bist noch besser, als man mir beschrieben hat, und das Kopfgeld wert", flüsterte er. Ich runzelte die Stirn.

Kopfgeld?

„Sollen wir sie für uns behalten, Henrick? Oder sie nehmen, bevor wir sie aushändigen?"

Der Wolf hinter mir grunzte gerade, als Jonas in der Ferne ein warnendes Heulen ausstieß.

Er machte sich nicht die Mühe, sein Näherkommen zu verschleiern, denn er wollte, dass jeder wusste, dass sie sich mit dem falschen Gestaltwandler angelegt hatten.

Mir war ein wenig schwindlig, als mich der Vampir in seinen Armen herumwirbelte und meinen Rücken an seine Brust presste. Seine Hand blieb an meiner Kehle und seine Lippen an meinem Hals, während seine andere Hand zu meinem Bauch wanderte.

Alpha-Vampire nahmen sich normalerweise keine Omegas anderer Spezies – es sei denn, es handelte sich um V-Clan-Omegas. Mein Blut könnte ihn zwar sättigen, aber er könnte sich nicht mit mir paaren.

Genau genommen konnte ich seinen Knoten akzeptieren und überleben – etwas, das alle Alpha-Vampire zusätzlich zu den Reißzähnen besaßen –, aber das wollte ich auf keinen Fall.

Der andere Wolf war ein Wikinger-Alpha, was für mich aufgrund seines weißen Fells und seiner abnormalen Größe offensichtlich war.

Zudem verriet ihn sein Geruch, aber ich wusste nicht, warum er auf diesem Kontinent war.

Seine Art war normalerweise in der Nähe von Skandinavien beheimatet.

„Es ist ein schöner Preis auf deinen Kopf ausgesetzt", murmelte der Vampir gegen meinen Pulspunkt. „Aber sie verlangen, dass du am Leben bist. Jemand vermisst dich eindeutig. Ich frage mich, *wer das ist*, denn es ist eindeutig nicht dein Gefährte."

Darauf würde ich auch gerne eine Antwort haben, dachte ich und runzelte die Stirn. *Denkt der internationale Rat, dass ich vermisst werde? Haben sie ein Kopfgeld auf mich ausgesetzt, um mich zu finden?*

Ich nahm an, dass wir mehrere Tage hinter dem Zeitplan zurücklagen, und weder Jonas noch ich konnten telefonisch ein Update durchgegeben.

Aber Kopfgeldjäger?

Es sah dem internationalen Rat nicht ähnlich. Sie würden eher das Militär oder Typen wie Jonas aussenden, bevor sie einen Aufruf an solche Gauner starten würden … genau wegen dieser Situation, in der ich mich jetzt befand – Kopfgeldjägern konnte man nicht vertrauen, dass sie das Richtige taten.

Jonas sprintete auf uns zu. Seine Augen, die in Wolfsgestalt ein dunkleres Blau hatten, nahmen alles um ihn herum mit einem einzigen Blick auf.

„Ah, willkommen zur Party", säuselte der Vampir, während seine Hand nach unten wanderte, seine Absicht war klar. „Ich habe mich gerade mit deiner Gefährtin bekannt gemacht. Scheint nur fair zu sein, nachdem du unser Haustier ermordet hast."

Haustier?, wiederholte ich gedanklich. *Meint er ihren wilden Freund, den sie offensichtlich zur Ablenkung auf Jonas angesetzt hatten?*

Jonas hielt mitten im Schritt inne und eine Welle der Wut überrollte ihn, als er den Alpha hinter mir betrachtete.

Henrick knurrte und stürzte sich auf Jonas, wobei er es ausnutzte, dass mein Gefährte innegehalten hatte.

Doch Jonas reagierte blitzschnell, holte mit seiner Pranke aus und traf den anderen Alpha an der Schulter.

Die beiden fingen an, sich zu prügeln, wobei Krallen und *Zähne* zum Einsatz kamen.

Ich zitterte, die Aggression ließ meine Knie weich werden.

„Es wird bald vorbei sein, kleine Wölfin", versprach mir der Vampir und seine Lippen streiften meinen Hals. „*Sehr* bald."

Jonas knurrte und stürzte auf uns zu, wurde aber von den Zähnen des anderen Wolfs zurückgerissen.

Scheiße. Das war der Grund, warum er mir gesagt hatte, ich solle weglaufen. Jonas' Bestie konnte sich nicht konzentrieren, wenn ich in den Armen eines anderen Alphas lag. Er wollte, dass ich weglief. Er musste wissen, dass ich unversehrt war.

Etwas Scharfes berührte meine Kehle, der Vampir hatte das Messer angesetzt. „Ah, ah, ah", murmelte er. „Nichts von alledem."

Zuerst verstand ich nicht, was er meinte, aber dann sah ich, dass Jonas seine Zähne um die Kehle des anderen Wolfes positioniert hatte.

An seinem Kinn tropfte Blut herunter.

Er gewinnt, dachte ich.

Er war kurz davor gewesen, zu gewinnen, was der Vampir eindeutig bemerkt hatte, und jetzt …

Jetzt benutzt er mich, um Jonas zur Kapitulation zu zwingen.

Irgendwo in North Carolina

DIESE WESEN WAREN DEFINITIV *NICHT* WILD. Das hatte ich bereits festgestellt, aber das bewies nur, wie gerissen und grausam sie waren.

Ich zuckte zusammen, als das Messer in meine Haut schnitt … der Schmerz entlockte mir einen erschrockenen Aufschrei.

Jonas ließ den anderen Wolf sofort los und trat einen Schritt zurück.

Und dann lag er plötzlich auf dem Rücken, denn der andere Alpha verschwendete keine Zeit damit, ihn mit seinen Klauen und Zähnen zu fixieren.

Nein, nein, nein!

Das durfte nicht passieren.

Jonas wehrte sich, aber der Vampir schnitt mich einfach wieder, diesmal brummte er zufrieden, während er die Klinge zum Mund führte, um sie abzulecken, während seine andere Hand mein Geschlecht berührte.

Er hatte mich dort zuvor noch nicht berührt, nur seine

Hand direkt unter meinen Bauchnabel gelegt, mit der klaren Absicht, mehr zu tun – nur um Jonas zu provozieren.

Doch jetzt nahm mich der Vampir in Beschlag.

Er leckte mein Blut von seiner Klinge und berührte mich auf eine Weise, wie es nur Jonas tun durfte, und das machte den Wolf meines Gefährten wahnsinnig.

Die Geräusche, die er von sich gab, erinnerten mich an den wilden Wolf, aber er war festgenagelt, verwundet und hatte keinen Kontakt mehr zu seinen strategischen Sinnen.

„Jonas", flüsterte ich.

Ich wollte nicht, dass es wie ein Flehen klang, aber die Lippen des Vampirs streichelten meinen Hals genau in dem Moment, als ich gesprochen hatte.

Mein Gefährte stieß ein wütendes Heulen aus, das den Vampir in meinem Rücken sehr erfreute.

„So wehrlos", schwärmte er, während seine Zunge meinen Hals hinauffuhr. „So eine schöne Omega."

Meine Augen verengten sich zu Schlitzen, und ein Teil meines Gehirns erwachte wieder zum Leben, nachdem es durch den Schock der letzten Minuten abgeschaltet worden war.

Verdammt, es waren nur *Sekunden* gewesen.

Alles geschah so schnell, dass ich die Geschehnisse noch nicht ganz verdaut hatte.

Bis jetzt.

Bis der Vampir die letzten vier Worte ausgesprochen hatte.

Ich mag eine Omega sein, dachte ich. *Aber ich bin so viel mehr als das. Ich bin eine Omega mit* Reißzähnen.

Der Alpha-Vampir war so sehr mit meinem Blut beschäftigt, während er es von seiner Klinge leckte, dass er nicht bemerkte, wie ich meine Verwandlung einleitete – ich begann mit meinem Kopf, gerade rechtzeitig genug, um meine viel schärferen Eckzähne hervorzuholen.

Ich fixierte die empfindliche Sehne zwischen Daumen und Zeigefinger, während ich mit der Ferse gegen sein Schienbein trat.

Das Messer fiel zu Boden, als ich die Sehne mit meinen Reißzähnen durchtrennte, und der Vampir stolperte vor Schreck zurück.

Ich sprang nach vorne und beendete sofort meine Verwandlung. Sie vollzog sich viel schneller, nachdem ich fast zwei Wochen mit meinem neuen Gefährten verbracht hatte.

Ficken.

Essen.

Trinken.

Verwandeln.

Unsere Paarung hatte mich in einer Weise gestärkt, wie ich es nie erwartet hatte, und brachte mich der Essenz meiner Wölfin näher, was es mir ermöglichte, mit ihren Zähnen und Klauen das Ruder zu ergreifen und als eine Einheit zu agieren.

Jonas stieß den anderen Alpha von sich herunter und schob mich hinter sich, um sich den anderen beiden Alphas entgegenzustellen.

Sein Knurren war das bedrohlichste Geräusch, das ich je gehört hatte. Es versprach Mord und Totschlag. Er schwor, mich zu *beschützen*.

Er ließ unseren Angreifern keine Zeit, sich neu zu formieren, sondern stürzte sich einfach auf den Vampir und nicht auf den Wolf.

In Anbetracht der Tatsache, dass Vampire − insbesondere Alphas − über unnatürliche Geschwindigkeit und Stärke verfügten, verstand ich seine Entscheidung. Alpha-Vampire waren bösartige Kreaturen, immun gegen

Sonnenlicht und blutdurstig. Ich hatte nur vorübergehend die Oberhand gewinnen können, weil der Alpha abgelenkt gewesen war, und jetzt nutzte Jonas diese Schwachstelle aus.

Er versenkte seine Reißzähne in der Brust des Vampirs und schwächte ihn weiter, bevor er ihn zu Boden warf, um sich an seinem Hals zu schaffen zu machen.

Der Vampir wehrte sich, schlang seine Arme um Jonas und drückte zu, als der Wikinger-Alpha nach vorne stürmte, um seine Reißzähne wieder in Jonas zu versenken.

Alle drei gaben ein furchterregendes Knurren von sich.

Ich wich einige Schritte zurück, bis mir plötzlich die im Sonnenlicht funkelnde Klinge auffiel.

Ich war diesen Alphas in Wolfsgestalt nicht gewachsen, zumindest was meine Kraft und meine Zähne betraf. Wäre ich besser dran, wenn ich auf zwei Füßen stünde und einen Dolch in der Hand hielte?

Ein schnappendes Geräusch lenkte mich von meiner Analyse ab.

Ein Alpha schlug auf dem Boden auf.

Der Wikinger-Alpha, dachte ich erleichtert.

Der Vampir und Jonas wirbelten immer schneller herum. Ihre Laute waren guttural und *falsch*.

Ich hatte noch nie einen Vampir gegen einen Wolf kämpfen sehen. Es kam manchmal vor, aber normalerweise kämpften nur V-Clan-Alphas gegen Alpha-Vampire, wenn sie ihre Omega-Gefährtin beschützen wollten.

Es folgte ein weiteres wildes Geräusch, aber dieses Mal war es nicht identifizierbar.

Ich sprang wieder ein Stück nach hinten, als sie sich weiter bekämpften – die beiden Alphas waren gleichauf.

Oder vielleicht doch nicht?, überlegte ich.

Jonas war ein harter Bursche und wurde von V-Clan-

Wölfen aufgezogen, aber er verfügte nicht über deren Magie. Er war auch kein Vampir. Er trank kein Blut. Er hielt keinen Winterschlaf. Er war ein reiner X-Clan-Wandler.

Mein Gestaltwandler.

Mein Gefährte.

Ich musste etwas tun, um ihm zu helfen, wusste aber nicht, was ich unternehmen sollte. Ich hatte auch keine magischen Fähigkeiten.

Ich weiß, wie man einen Körper in Stücke schneidet, dachte ich, als ich mir den Dolch wieder ansah. *Ich weiß, wie man mit einem Skalpell töten kann. Warum nicht mit einem Dolch?*

Ich pirschte vorwärts, doch die zwei kämpfenden Alphas schnitten mir den Weg ab und drängten mich einige Meter zurück.

Ein knirschendes Geräusch donnerte durch die Luft, gefolgt von einem schmerzhaften Aufheulen von Jonas.

„Du warst ein bewundernswerter Gegner", sagte der Vampir, als er Jonas auf den Boden fallen ließ. Seine Muskeln wölbten sich unter seinem T-Shirt und seine Jeans spannte über die angespannten Muskeln seiner Beine. „Aber nicht gut genug."

Er hob ein Bein und steuerte mit seinem Stiefel in einem tödlichen Winkel auf Jonas' Hals zu.

Meine Wölfin reagierte ohne nachzudenken und stürzte sich auf ihn … sprang ihm direkt an die Kehle. Er fing mich auf, wirbelte mich herum und brachte mich zu Boden. Sein kräftiger Körper lag auf dem meinen und er knurrte mich bedrohlich an, aber meine Wölfin beugte sich nicht.

Sie schnappte nach ihm und wollte ihm das Gesicht zerkratzen.

Das brachte ihn zum *Kichern.*

Der verdammte Vampir *kicherte.*

„Meine Güte, du bist aber eine temperamentvolle kleine Omega", schwärmte er. „Ich werde es genießen, dich zu brechen."

„Das wäre sehr bedauerlich", warf eine andere Stimme ein. Der irische Akzent war mir erfreulicherweise sehr vertraut. *Kieran.* „Ich brauche sie unversehrt."

Ich versuchte, ihn anzusehen, aber der Vampir über mir versperrte mir die Sicht.

„Ach, komm schon", sagte Kieran, als er den Vampir mit einer Handbewegung gegen einen Baum in der Nähe schleuderte. „Du willst doch nicht schon gehen, oder? Ich hatte gehofft, mich mit dir unterhalten zu können."

Mit einer weiteren Handbewegung zwang er den Alpha-Vampir zu Boden und zwang ihn dazu, *sich hinzuknien.*

Vampire waren außergewöhnlich mächtig, doch Kieran war ein royales Mitglied des V-Clans – ein zukünftiger *König.*

Er beherrschte uralte Magie. Ich konnte spüren, wie die Magie jetzt über das Feld peitschte und den Vampir *würgte.* Es würde keinen Kampf zwischen ihnen geben.

Kieran hatte bereits gewonnen und der Vampir wusste es auch.

„Schau mal, ich habe das Kopfgeld ausgesetzt, weil ich wusste, dass sich alle eifrig an der Suche nach Dr. Campbell beteiligen würden. Alles, was ich tun musste, war, eure Fortschritte zu verfolgen und mich von euch zu ihr führen zu lassen."

Nun, das erklärt das Kopfgeld, dachte ich und bebte aufgrund von Kierans Dominanz. Er hielt seine Alpha-Energie nicht zurück, sondern sorgte dafür, dass jeder um ihn herum – ob lebend oder tot – seine Autorität spürte.

„Ich habe meine Forderungen sehr deutlich gemacht", fuhr er fort. „Ich wollte Dr. Campbell lebend und *unversehrt.*"

Er blickte auf mich herab, seine markanten Wangenknochen wurden durch das Zusammenpressen seines kantigen Kiefers noch betont. „Sie sieht *nicht unversehrt* aus."

Beinahe hätte ich geschnaubt, aber ein zittriger Atemstoß von Jonas erregte in der nächsten Sekunde meine Aufmerksamkeit.

Verdammt.

Ich nahm sofort wieder meine menschliche Gestalt ein und rannte zu ihm. Er war nicht mehr bei Bewusstsein, seine Knochen schienen in seiner Mitte gebrochen zu sein. *Der Vampir hat ihn zerquetscht,* wurde mir klar.

Er war mit blutigen Wunden übersät, die von scharfen Krallen und großen Reißzähnen herrührten.

„*Kieran.*" Ich konnte die Dringlichkeit in meiner Stimme nicht verbergen. „Er liegt im Sterben."

„In der Tat", stimmte Kieran zu.

Der Vampir schrie auf, aber ich machte mir nicht die Mühe, ihm Beachtung zu schenken.

Anscheinend hatte Kieran beschlossen, es dem Vampir zurückzuzahlen.

Ich hatte nicht vor, dagegen zu protestieren.

Ich würde ihm außerdem nicht den Respekt erweisen, ihn sterben zu sehen.

Mein Blick blieb auf Jonas gerichtet. *Meinem Gefährten. Meinem Liebsten.* Ich flüsterte seinen Namen und meine Hände fuhren nutzlos über seinen geschundenen Körper.

Ich wusste nicht, was ich zuerst tun sollte. Ich war mir nicht einmal sicher, ob ich ihm überhaupt helfen konnte. Er ... er blutete und die Wunden schlossen sich nicht.

Er atmete kaum noch.

Fuck. „Kieran!" Diesmal schrie ich, während meine Hände weiterhin hilflos über Jonas' Brust flatterten. Ich war Ärztin. Ich ... ich hatte medizinisches Wissen. Ich musste das *in Ordnung bringen*. Aber wie? Und wo? Ohne medizinische Instrumente, ohne … ohne … *oh, Luna* …

Ich sah mich um und suchte nach etwas, das helfen könnte. *Kräuter,* dachte ich. *Pflanzliche Medizin. Irgendetwas. Es muss doch etwas geben!*

Kieran kniete neben mir, sein mitternachts-blauer Blick war auf Jonas gerichtet, bevor er mich ansah. Er schien mein Gesicht und meinen Körper nach Verletzungen abzutasten, sein Ausdruck war rein klinisch. „Geht es dir gut?"

„Nein!", rief ich. „Nein, es geht mir nicht gut. Jonas liegt im *Sterben*."

„Ja", stimmte er gelassen zu. „Er liegt im Sterben."

„Ich-" Ich war mir nicht sicher, was ich sagen sollte. „Ich muss ihn retten. Wir müssen … Ich weiß es nicht. Ich weiß nicht, was ich tun soll!" Die Hysterie in meiner Brust breitete sich in meinem gesamten Körper aus und ließ mich stark zittern.

Beruhige dich, ermahnte ich mich. *Beruhige dich und versuch dich zu konzentrieren. Das ist es, was du tust. Du rettest Leben. Rette Jonas. Rette ihn!*

Meine Wölfin war panisch und mein Herz raste. Ihr Schrecken erstickte meine Fähigkeit zu denken, meine Seele trauerte bereits um den Mann, den ich gerade erst zu … *lieben* begonnen hatte.

„Wie ich sehe, ist dein Geheimnis gelüftet worden", sagte Kieran und senkte seinen Blick auf Jonas. „Er hat keine Zeit verschwendet, dich zu beanspruchen."

„Ich … ich bin paarungsbereit geworden." Eine Tatsache, von der Kieran offensichtlich schon ausgegangen war, wenn er ein Kopfgeld auf seine Omega-Freundin ausgesetzt hatte – etwas, worüber wir später noch sprechen würden.

„Und er hat dich für sich beansprucht", fasste Kieran zusammen.

„Ja, aber ich glaube nicht, dass er eine Wahl hatte." Nicht nur wegen meiner Hitze, sondern weil wir einander wollten. Er gehörte mir. Ich gehörte ihm. Unsere Wölfe hatten für uns gesprochen. Der Mann hatte nur getan, was seine Bestie von ihm verlangt hatte.

„Wir haben immer eine Wahl, Riley", antwortete Kieran und hob seine Hand, um mit ihr über Jonas' sterbende Gestalt zu fahren.

Jonas hatte begonnen, sich in seine menschliche Form zurückzuverwandeln, und sein Körper zeigte all die schrecklichen Verletzungen, die er erlitten hatte.

Oh, Jonas. Ich bebte.

„K-kannst du ihn heilen?" Ich wusste, dass Kieran heilende Fähigkeiten besaß. Das war der Grund, warum er Arzt geworden war, oder besser gesagt, warum er zugestimmt hatte, bei der Viruserforschung zu helfen. Ich war mir allerdings nicht sicher, wie weit diese Fähigkeiten reichten und ob er Jonas jetzt helfen konnte oder nicht.

„Ja, das kann ich." Der V-Clan-Alpha schaute mich an, sein Blick hatte einen Hauch von Neugier. „Aber wenn er stirbt, stirbt sein Anspruch mit ihm. Das mag dich schmerzen, aber ich kann diesen Schmerz heilen, wenn das dein Wunsch ist. Du könntest wieder Unterdrückungsmittel nehmen und dich als Beta tarnen."

Ich starrte ihn an. „Was?" Wie konnte er das sagen? *Weil es das ist, was ich vor zwei Wochen gewollt hätte.*

Aber jetzt …

„Oder ich kann ihn für dich heilen", fuhr Kieran fort, ohne meine Reaktion zu beachten. „Was wäre dir lieber?"

„Einfach so?", flüsterte ich. „Wenn … wenn ich meine Freiheit wollte …?"

„Würde ich es für dich tun. Das Kopfgeld ging nur an

einige wenige Auserwählte. Ich wusste, ich würde mit ihnen leicht fertig werden."

„Das hast du für mich getan?"

„Ja." Er schenkte mir ein kleines Lächeln. „Ich betrachte dich als eine wahre Freundin, Riley. Und davon habe ich nicht viele."

In Anbetracht seiner Vorgeschichte und seines Titels glaubte ich ihm aufs Wort.

„Wenn ich also will, dass er geheilt wird ...?" Ich zeigte auf meinen Gefährten, und in mir keimte Hoffnung auf. *Kieran kann Jonas heilen. Er kann ihn zurückbringen. Er kann meinen Gefährten wieder gesund machen.*

„Werde ich ihn heilen", antwortete er schlicht. „Du musst dich schnell entscheiden, oder die Wahl wird dir abgenommen ..."

„Heile ihn", rief ich, wobei mein Herz einige Schläge aussetzte. „*Bitte* heile ihn."

Kieran musterte mich noch einen Moment lang, und mein hoffnungsvolles Lächeln schien sein dunkles Herz zu erreichen. „Wie du willst, Kleines."

KAPITEL 18
JONAS

Verdammter Kieran. Als ich wieder zu mir kam, wollte ich dem *Märchenprinzen* am liebsten eine runterhauen.

Er hatte ihr angeboten, mich sterben zu lassen … ich hatte es trotz meiner Bewusstlosigkeit gehört. Ich war wie betäubt. Meine Seele versuchte zu heilen, während mein Körper die Bitte ablehnte, aber ich war mir bewusst, dass mein Geist mit Riley verbunden war und sich an ihrer Wärme festhielt … an ihrem Duft … ihrer *Anwesenheit.*

‚*Wenn er stirbt, stirbt sein Anspruch mit ihm.*' Ich erinnerte mich an den genauen Wortlaut.

Riley war erschrocken und als es an der Zeit war, eine Entscheidung über mein Leben zu treffen, hatte sie nicht gezögert, ihn zu bitten, mich zu heilen.

Es war das Angebot, was mich ärgerte.

Verdammt, *Kieran* regte mich auf. Sein heldenhafter Blödsinn und seine Schmeicheleien brachten Riley zum Lachen, während sie mit ihren Fingern durch mein Haar fuhr.

Kieran hatte ihr gesagt, dass ich mich ausruhen müsse. Er hatte mich in eine Art Koma versetzt, aber ich hatte keinen Zweifel daran, dass er wusste, dass ich in diesem Moment jedes verdammte Wort hören konnte.

„Ein Kopfgeld", sagte Riley, in ihrer Stimme lag ein Hauch von Verärgerung. „Um eine Omega zu finden."

„Hmm", brummte Kieran. „Ich hatte während unserer letzten Woche auf dem Gelände gespürt, dass deine Unterdrückungsmittel nachließen. Erinnerst du dich?"

„Ja." Sie klang verärgert. „Aber ich hätte nicht so schnell eine weitere Dosis brauchen sollen."

„Du hättest sie gar nicht erst benutzen sollen", konterte er. „Und ich habe dich letztes Jahr gewarnt, dass deine Wölfin lernen würde, sie schneller zu verarbeiten."

„Deshalb habe ich an einem effizienteren Serum gearbeitet, das ich mit deiner Hilfe hätte perfektionieren können", konterte sie.

„Du weißt, dass ich die Verwendung von Unterdrückungsmitteln nicht gutheiße, Riley." Der strafende Ton in seiner Stimme ging mir auf die Nerven. Ich stimmte ihm zwar voll und ganz zu, aber es stand ihm nicht zu, *meine* Gefährtin zu beurteilen. „Es ist unnatürlich, seine Bestimmung zu verbergen, deshalb hat deine Wölfin dagegen angekämpft."

Riley seufzte, ihre Finger blieben in meinem Haar. „Das kannst du leicht sagen. Du bist ein Alpha, Kieran. Das ist ein großer *Unterschied*."

„Stimmt", räumte er ein. „Und ich verstehe, warum du dich verstecken wolltest. Den Alphas des X-Clans mangelt es an einem gewissen Maß an Anstand und Geschick, wenn es darum geht, ihre Omegas zu umwerben."

Wenn ich gekonnt hätte, hätte ich geschnaubt. *Arschloch.*

„Ja." Rileys Zustimmung ließ mich innerlich knurren. „Aber Jonas hat mich nicht nur beansprucht. Er … er hat mir gezeigt, was gute Alphas von einer Gefährtin erwarten."

„Oh?" Kieran klang neugierig. „Und was will ein guter Alpha von seiner Gefährtin?"

Sie strich wieder durch mein Haar und wanderte dann mit ihren Fingern über meine Schultern zu meiner nackten Brust „Eine Partnerin." Sie legte ihre Hand auf mein Herz. „Eine Lebensgefährtin."

Einen langen Moment herrschte Schweigen, bevor Kieran sagte: „Jonas ist ein guter Alpha. Er wird das Richtige für dich tun."

Das sagst du jetzt, dachte ich bei mir. *Nachdem du die Option geäußert hast, mich sterben zu lassen.*

„Ich weiß, dass er es tun wird", erwiderte Riley, während ihre Hand über meinen Oberkörper wieder hinauf zu meinem Hals wanderte. „Ich bin nicht die Art Wölfin, die ohne nachzudenken gehorcht."

Kieran gluckste. „Du wirst ihn in Zukunft auf jeden Fall auf Trab halten. Ich wünschte, ich könnte dabei sein, um das zu sehen."

„Vielleicht wirst du das."

„Nein. Er wird sicher nicht im Blood-Sektor bleiben wollen."

Ist das die Richtung, in die wir fliegen?, fragte ich mich. *Zum Blood-Sektor?*

„Warum nicht? Seine Mutter lebt dort und er ist dort aufgewachsen. Außerdem hast du die Möglichkeiten, um ein neues Labor zu bauen. Es ergibt Sinn, dass wir bei dir bleiben", sagte Riley. Ihre Argumente waren stichhaltig, und doch wurde mir bei dem Gedanken, dort zu wohnen, ganz übel, zumindest übler, als mir ohnehin schon war.

Ich wusste nicht, welchen Zauber Kieran eingesetzt hatte, um mich zu heilen, aber mir war mulmig zumute, und der Gedanke, in den Blood-Sektor zurückzukehren und dort zu leben, verschlimmerte das Gefühl nur noch.

„Jonas wird sich dort nicht wohlfühlen", erklärte Kieran ihr. „Er braucht ein Rudel, in dem er gleichberechtigt ist, und das ist bei den Wölfen des V-Clans nicht der Fall. Deshalb ist er damals gegangen."

Unter anderem, dachte ich, leicht verärgert darüber, dass *Prince Charming* diese Details über mich herausgefunden hatte, ohne jemals danach gefragt zu haben.

„Er ist ein Alpha", fuhr Kieran fort. „Er braucht das Gefühl, die Kontrolle zu haben. Das kann er in meinem Sektor nicht haben. Nicht wegen irgendetwas, das ich tue, oder wegen irgendetwas, das meine Wölfe tun werden – es steckt einfach in unserer Natur. V-Clan-Wölfe und X-Clan-Wölfe können sich vielleicht paaren, aber wir sind sehr unterschiedliche Wesen."

Das war eine höfliche Umschreibung dafür, dass die Alphas des X-Clans den Alphas des V-Clans unterlegen waren.

Ich konnte seine Aussage nicht beanstanden, denn sie stimmte bis zu einem gewissen Grad. Alle Arten hatten ihre eigenen Stärken, aber die Wölfe des V-Clans waren notorisch und rangierten auf dem Raubtierindex höher als die meisten anderen übernatürlichen Wesen.

Vampire waren einer ihrer Hauptgegner.

Deshalb war ich Kieran dankbar, dass er sich um den Alpha-Vampir gekümmert hatte, als ich dazu nicht mehr in der Lage gewesen war.

Die meisten Männer in meiner Situation hätten ihn vielleicht nicht gemocht, weil er sich in dieser Situation als stärker und fähiger erwiesen hatte, aber ich war froh, dass er gekommen war. Ich war nicht zu stolz, um zuzugeben, dass er mir den Arsch gerettet hatte.

Es waren die Dinge, die danach passiert waren, die mich verärgerten – sein Angebot, mich einfach sterben zu lassen, gepaart mit seiner Offenheit Riley gegenüber.

Mein, knurrte mein Wolf immer wieder. *Riley gehört mir.*

Kieran und Riley verband eine tiefe Freundschaft. Das hatte ich akzeptiert, aber das hielt meinen besitzergreifenden Wolf nicht davon ab, seinen Anspruch erheben zu wollen.

Es war ihm egal, dass Kieran eine Gefährtin hatte.

Nun, jedenfalls eine Omega, mit der er verlobt worden war.

Die Alphas des V-Clans umwarben ihre Omegas auf sehr unterschiedliche Weise, wobei Kierans Methode eine der einzigartigsten war, die ich je gesehen hatte.

Trotzdem war er noch nicht vollständig mit seiner Verlobten liiert, was ihn zu einem potenziellen Gegner machte, zumindest in den Augen meines Wolfes.

„Und was empfiehlst du, wohin wir gehen sollen?", fragte Riley leise nach längerem Schweigen. Sie hatte wahrscheinlich über Kierans Worte nachgedacht und erkannt, wie wahr sie waren. „Die Labore sind alle zerstört worden. Wo sollen wir unsere Forschung fortsetzen?"

Kieran seufzte. „Ich bewundere deine Hartnäckigkeit, Riley. Das habe ich immer getan, aber wir wissen beide, dass es kein Heilmittel gibt, … nicht einmal meine Magie kann sie heilen."

Ihre kreisenden Bewegungen an meiner Schulter hielten inne. „Du gibst auf."

„Ich gebe nicht auf. Ich akzeptiere das Schicksal. Das Beste, worauf wir jetzt hoffen können, ist ein Weg, die Mutation zu stoppen." In seiner Stimme lag ein leises Grollen, das eher wie ein Knurren als ein Schnurren klang. „Rohan hat angerufen, als du … unpässlich warst."

„Und?", fragte sie.

„Sie haben einen neuen Fall in Dänemark. Ein Wikinger-Alpha. Er scheint sich letzte Nacht verwandelt zu haben und ist wie ein gebissener Ash-Wolf durchgedreht."

Scheiße, dachte ich. Das bedeutete, dass sich das Virus auf zwei Wolfsrassen ausgebreitet hatte.

„Er nimmt Proben", fuhr Kieran fort. „Ich werde sie im Labor überprüfen lassen, aber im Moment müssen wir uns darauf konzentrieren, die Mutation einzudämmen. Selbst wenn es ein Heilmittel gäbe, was würde es denn heilen? Wenn das Gehirn erst einmal zerstört ist, ist nichts als eine Hülle übrig."

Rileys Nägel kratzten über meine Haut, als sie ihre Hand zu einer Faust ballte. Ihr Zorn war wie ein Peitschenhieb für meine Sinne, aber sie sprach nicht … sie köchelte innerlich vor sich hin.

„Du weißt, dass ich recht habe, Riley", murmelte Kieran leise, was mich innerlich aufstöhnen ließ.

Ich fand es nicht gut, dass er sie vorhin getadelt hatte, und jetzt gefiel es mir nicht, dass er sie tröstete, selbst wenn es das war, was sie brauchte.

„Im Andorra-Sektor wird eine Klinik eingerichtet", fuhr er fort. „Ein X-Clan-Beta namens Ceres ist der Organisator. Kennst du ihn?"

„Wir kennen uns flüchtig." Riley klang niedergeschlagen, und es brach mir ein wenig das Herz. Sie war offensichtlich wütend, aber nicht auf Kieran. Er sprach die Wahrheit und sie wusste es. Sie hasste es nur, dass er recht hatte.

Das konnte ich sehr gut verstehen.

Ich mochte den Alpha nicht besonders, aber er war nicht ohne Grund der Prinz des Blood-Sektors. Er wusste, was er tat.

Deshalb hatte ich den Verdacht, dass dieses ganze

Gespräch – und dass er dafür sorgte, dass ich es hören konnte – zu *meinem* Vorteil war.

Er wollte, dass Riley glücklich wurde, und er führte sie an einen Ort, an dem sie Erfolg haben konnte.

Als meine Gefährtin.

Wäre ich in der Lage gewesen, meinen Körper zu bewegen, hätte ich meine Zähne zusammengebissen.

„Der Sektor-Alpha ist neu", murmelte Kieran. „Er sucht nach jemanden mit deinen Fähigkeiten, um das Labor zu leiten, das Ceres baut."

Das konnte Riley definitiv.

Sie musste mein Misstrauen gespürt haben, denn sie fragte skeptisch: „Warum übertragen sie die Leitung nicht einfach Ceres?"

„Soweit ich weiß, ist er darauf spezialisiert, Menschen zu Gestaltwandlern zu mutieren, genauer gesagt, in X-Clan-Wandler. Daher wäre er wahrscheinlich ein geeigneter Partner, um die Wolfsgenetik zu verstehen. Allerdings fehlt es ihm an epidemiologischer Erfahrung. Ihr beide könntet gemeinsam Geschichte schreiben."

Schlaues Kerlchen, dachte ich, fast amüsiert über seine Mätzchen. Er wusste, dass Riley diese Gelegenheit nicht ausschlagen würde.

„Versuchen Sie, mich loszuwerden, Dr. O'Callaghan?", fragte sie, und der neckische Ton in ihrer Stimme ließ meinen Wolf verärgert knurren.

„Oh, *Macushla*, wenn ich dich behalten könnte, würde ich es tun, aber es wäre ein Verbrechen meinerseits, dich daran zu hindern, wie ein Juwel zu glänzen."

Ich werde ihn umbringen, beschloss ich. *Ich werde ihm seine geschmeidige Zunge aus dem Mund reißen und ihn dazu bringen, sie zu schlucken.*

„Und der Andorra-Sektor bietet nicht nur eine Chance für dich", fuhr er fort, und seine seidige Stimme brachte mein Blut zum Kochen. „Es ist auch eine Chance für deinen Gefährten."

„Aber der Alpha des Sektors wird wahrscheinlich nicht zulassen, dass eine Omega sein Labor leitet", argumentierte sie. „Ich nehme an, er ist ein X-Clan-Wolf, richtig? Der Andorra-Sektor besteht nur aus X-Clan-Wölfen, oder?"

„Ja", bestätigte Kieran. „Aber Ander Cain ist nicht wie die Alphas, mit denen du aufgewachsen bist. Sein Vater ist der Alpha des Norse-Sektors."

Alpha Ludvig, wurde mir klar. Aber das wusste ich schon, denn ich hatte Anders Namen zuordnen können.

Ich hatte Alpha Ludvig schon einmal getroffen. Er war ein guter Wolf und sehr angesehen.

„Ich bin mit den europäischen Sektoren nicht gut vertraut", gab Riley zu. „Aber die Alphas des X-Clans lassen normalerweise keine Omegas zu, die nicht aus ihrem Clan stammen."

„Hat Jonas dir das erzählt?", fragte er und ich wollte schon wieder knurren.

Nein. Das habe ich ihr nicht eingeredet, du verdammtes Arschloch. Wenn er mich nur aufwachen lassen würde, könnte ich für mich selbst sprechen.

„Jonas ist kein normaler X-Clan-Alpha. Er ist im Blood-Sektor aufgewachsen."

„Ich bin sicher, dass ihn das noch charmanter macht", sagte Kieran trocken.

Ja, ich werde dir zeigen, wie charmant ich bin, wenn du mich aus diesem verdammten Koma weckst.

„Es gibt Alphas, die Omegas nicht nur ermutigen, mehr zu tun als nur zu nisten, sie erwarten es sogar, und Alpha Ludvig ist einer dieser Alphas. Alle Wölfe in seinem Sektor haben einen Job, sogar seine Omega-Gefährtin. Ich kann mir vorstellen, dass sein Sohn mit einer ähnlichen

Erwartungshaltung aufgewachsen ist, denn er hat bereits Interesse an einem Gespräch mit dir bekundet."

Riley krallte ihr Finger in meine Brust. „Alpha Ander hat Interesse bekundet, mit mir zu sprechen?"

„Ja. Er hat von dem Vorfall auf dem CDC-Gelände gehört und eine Nachricht geschickt, dass er einen Epidemiologen mit deinen Fähigkeiten braucht."

„Weiß er, dass ich eine Omega bin?"

„Noch nicht", antwortete Kieran. „Nur wenige wissen von diesem kleinen Detail, weil ich nur ein regionales Kopfgeld ausgesetzt habe. Es wird Ander nicht davon abbringen, dich treffen zu wollen. Ich vermute, dass Jonas aufgrund seines militärischen Hintergrunds ebenfalls von Interesse sein wird. Ander braucht starke Alphas, die sich mit ihm verbünden, wenn er seinen neuen Sektor unter Kontrolle halten will. Andernfalls riskiert er, dass es zu Unstimmigkeiten kommt."

Ander war erst fünfundzwanzig, vielleicht dreißig, was ihn extrem jung für eine Führungsposition machte. Seine Gene stimmten, vor allem als Sohn von Alpha Ludvig, aber allein aufgrund seines Alters würde es Herausforderungen geben. Er würde ein starkes Team brauchen, um seine Hierarchie aufrechtzuerhalten.

„Und du glaubst, Jonas wird einen X-Clan-Sektor dem Blood-Sektor vorziehen", sagte Riley. Es war keine Frage, sondern eine Feststellung.

„Ja." Kieran hielt einen Moment inne. „Du kannst mit ihm reden und dich entscheiden. Wenn du im Blood-Sektor bleiben willst, baue ich dir ein Labor. Du hast die Wahl. Überlege es dir gut und denk daran, was du mir über Jonas gesagt hast."

„Ich habe viel über Jonas erzählt."

„Ja, aber es gibt einen Punkt, den du besonders im Auge behalten musst, *Macushla*."

„Welchen?", fragte sie und nahm mir die Frage ab, denn das wollte ich auch wissen.

„Vergiss nicht, dass er eine Lebensgefährtin will", sagte er leise. „Eine Partnerin. Also sei seine Partnerin, Riley. Besprecht es *gemeinsam* und trefft die Entscheidung, die für euch beide am besten ist."

KAPITEL 19
RILEY

Blood-Sektor

Ich lag neben Jonas im Bett und wartete darauf, dass er aufwachte.

Kieran hatte uns eine seiner Gästesuiten zur Verfügung gestellt, während sich Jonas erholte, und er hatte behauptet, dass dies bald passieren würde. „Er wird in ein oder zwei Stunden aufwachen", hatte Kieran gesagt, bevor er ging. „Sein Körper muss nur mit seinem Geist mithalten können."

„Was meinst du damit?"

„Ich bin sicher, er wird es dir erklären", hatte Kieran mit einem Lächeln geantwortet. „Viel Spaß, *Macushla.*"

Liebes, hatte ich übersetzt, wohl wissend, was diese Koseform bedeutete. Kieran hatte es nur benutzt, weil er wusste, dass ich die Art und Weise mochte, wie seine irische Aussprache das Wort umspielte. Er hatte behauptet, mein Lächeln hätte mich vom ersten Tag an verraten, und er hatte sich geschworen, mich von nun an *Macushla* zu nennen.

198

Der V-Clan-Alpha flirtete viel, aber das machte nur einen Teil seines Charmes aus. Seine Seele gehörte einer anderen Omega, die er nur ein paar Mal beiläufig erwähnt hatte. Soweit ich verstand, spielten sie eine Art Versteckspiel. Dieses Spiel war es, das ihn ursprünglich zur CDC gebracht hatte – seine Omega hatte sich in Atlanta versteckt.

Dann war die Hölle losgebrochen und er hatte sich darauf konzentriert, seine Heilkräfte einzusetzen, um bei der Pandemiebekämpfung zu helfen.

Aber wie er schon im Flugzeug gesagt hatte, würden wir kein Heilmittel finden. Es schien, als würde nichts dagegen helfen, selbst mit unseren übernatürlichen Essenzen und unserer Genetik kamen wir nicht weiter.

Kieran hatte recht gehabt – selbst wenn wir ein Heilmittel finden würden, wie viel vom menschlichen Geist müsste noch übrig sein, damit es funktionierte?

Ich seufzte und legte meinen Kopf an Jonas' Schulter, während ich weiter darauf wartete, dass er aufwachte.

„Ich brauche eine neue Richtung", murmelte ich leise. „Ich kann die Suche nach einem Heilmittel nicht aufgeben, aber Kieran hat recht. Wir müssen uns auf die Mutationen konzentrieren." Er hatte Rohans Wickinger-Alpha erwähnt, was bewies, dass es jetzt eine weitere gefährliche Mutation gab.

Wir mussten das Virus stoppen, bevor es sich auf X-Clan-Wölfe, V-Clan-Wölfe, W-Clan-Wölfe oder andere übernatürliche Wesen ausdehnte.

Von Vampiren mal ganz abgesehen, dachte ich. *Die mag ich im Moment nicht besonders.*

Allerdings hatte Kieran erwähnt, dass er mit einem befreundet war. Offenbar waren sie also nicht alle wie das Monster, das ich vor etwa zwölf Stunden getroffen hatte.

Das Monster, das fast meinen Alpha getötet hätte.

Ich drückte Jonas einen Kuss auf die Brust – direkt auf sein Herz. „Danke, dass du mich beschützt hast", flüsterte ich. „Und dass du mich beansprucht hast."

„Gern geschehen", antwortete er und erschreckte mich mit seiner Reaktion.

Mein Blick wanderte nach oben, zu seinem Gesicht. „Jonas?", fragte ich und blinzelte. „Du bist wach!"

„Ich bin schon eine Weile wach", brummte er, und sein Blick glitt an mir vorbei zum Nachttisch.

Ich griff sofort nach dem Glas Wasser, das dort stand.

Das Leben im Blood-Sektor ging weiter, als ob wir uns nicht mitten in einer Pandemie befänden. Sie hatten den größten Teil der isländischen Bevölkerung geschützt und allen Menschen innerhalb ihrer Grenzen Zuflucht gewährt, solange bestimmte Regeln eingehalten wurden.

Sie hatten auch eine Blutration eingeführt – etwas, das die V-Clan-Wölfe als eine Art Vermögenssteuer betrachteten.

Jonas trank das Glas Wasser fast aus, sein Kopf hatte sich nur leicht vom Kissen gehoben, damit er schlucken konnte, bevor er sagte: „Mein Geist hat nie geruht. Ich habe alles gehört in den letzten … ich weiß nicht wie vielen Stunden."

„Hier ist es schon nach Mitternacht", sagte ich. „Es sind schon etwas mehr als zwölf Stunden vergangen und du hast alles gehört? Sogar das Gespräch im Flugzeug?"

„Und davor, als Kieran angeboten hat, mich sterben zu lassen", murmelte Jonas. „Ja. Das habe ich alles gehört."

Er klang wütend, aber ich war mir nicht sicher, warum. „Ich habe ihm gesagt, er soll dich heilen. Ich habe nicht einmal gezögert. Das weißt du doch, oder?"

Seine Miene wurde ein wenig weicher. „Ich weiß, *ástin mín*."

„Warum bist du dann wütend?"

Die Weichheit in seinen Gesichtszügen verschwand. Jonas hatte einen Dreitagebart, da es eine Weile her war, seit er sich rasieren konnte. Ich musste allerdings zugeben, dass mir der Bart ganz gut gefiel.

„Oh, ich weiß nicht, *Macushla*. Es könnte daran liegen, dass Kieran den Wert meines Lebens herabgesetzt hat, oder an seinem unaufhörlichen Flirten, oder an seinen ständigen Kommentaren über die Absichten der X-Clan-Alphas. Sag du es mir.“

Ich starrte ihn eine Minute lang schweigend an.

Meine Lippen begannen zu zucken, als ich den wahren Grund für seine Wut erkannte.

Ja, ein Teil davon hing wahrscheinlich mit Kierans Angebot bezüglich meines zukünftigen beruflichen Weges zusammen, aber das war nicht der wahre Grund für Jonas' Zorn. „Du bist eifersüchtig.“

„Ja, verdammt nochmal, ich bin eifersüchtig“, gab er zu und überraschte mich mit seiner Vehemenz. „Du gehörst *mir*. Und er flirtet ständig mit *meiner* Gefährtin. Mein Wolf will ihn zerfetzen.“

Mein Lächeln wurde breiter, während sich seine Augen zu Schlitzen verengten. „Du weißt, dass er nur ein Freund ist, oder?“

„Ein Freund, der dich *behalten* will“, erwiderte er mürrisch. Ich hob meine Augenbrauen, während ich sagte: „Ja, den Teil habe ich auch gehört.“

„Er meinte als Arzt und als Freund.“

„Von wegen“, fauchte er.

Ich rollte mit den Augen. „Er ist bereits beansprucht.“

„Er ist verlobt“, antwortete Jonas. „Das ist nicht dasselbe wie beansprucht zu sein. Und seine Verlobte ist nicht einmal hier.“

„Stimmt“, bestätigte ich. „Aber er war für mich immer nur ein Freund und ein sehr einflussreicher Kollege.“

Jonas schnaubte.

„Er hat dir das Leben gerettet", betonte ich. „Du kannst ihn nicht wirklich hassen."

„Ich muss ihn aber auch nicht *mögen*."

„Sturer Alpha", sagte ich.

„Sture Omega", erwiderte er, ohne eine Sekunde zu verlieren.

„Dann sind wir wohl füreinander geschaffen", sagte ich, während ich mich erhob und meine Hände auf seine Brust abstützte, um mich auf ihn zu setzen. „Willst du mich knoten, damit jeder weiß, dass ich dir gehöre?" Ich rieb mich einladend an ihm, was ein tiefes Knurren in seiner Brust hervorrief.

Ein Knurren, das sofort eine Reaktion in meinem Inneren auslöste.

Meine Erregung überzog seinen bereits harten Schwanz.

Ich hatte mich der Kleidung entledigt, die Kieran mir geliehen hatte, bevor ich zu Jonas ins Bett stieg.

Eindeutig eine brillante Entscheidung, dachte ich, als ich mich ihm entgegen wölbte.

Er knurrte erneut, seine Hände wanderten zu meinen Hüften, als er uns umdrehte und ohne Vorwarnung in mich eindrang.

Ich stemmte mich instinktiv gegen ihn, während ich stöhnte. Das tat auf die *beste* Weise weh.

„Mehr", bettelte ich, als er innehielt.

„Sag mir, dass mein Knoten der einzige ist, den du brauchst."

„Dein Knoten ist der einzige, den ich *will* und brauche", versprach ich ihm und legte meine Hände auf seine Schultern. „Du bist mein Gefährte, Jonas, aus freien Stücken. Ich werde dich immer brauchen und wollen."

Er fuhr mit seinen Lippen über meine Wange und sein Blick traf intensiv auf meinen. „Ich liebe dich, Riley."

„Beweise es", konterte ich und hob erneut meine Hüften. „Verknote mich."

Er gluckste. „Immer so anspruchsvoll."

„Ja." Ich schlang meine Beine um ihn. „Jetzt, Alpha."

Er nahm meine Unterlippe zwischen seine Zähne und knabberte daran … nicht hart, nur genug, um mich zu warnen. „Du bist eine Göre, Riley Campbell."

„Heißt das, du wirst mich bestrafen?", fragte ich hoffnungsvoll.

Er seufzte. „Ich bin fast gestorben, und du verlangst Sex, sobald ich aufwache."

„Ja." Weil es bewies, dass er am Leben war. Es half mir, mich wieder geerdet zu fühlen. Beansprucht. *Geliebt.* „Ich brauche deinen Knoten, Jonas", sagte ich wieder und meinte jedes Wort ernst. „*Deinen* Knoten."

Er schmiegte sich an mich, seine Nase streifte die meine. „Ich bin stolz auf dich, dass du gekämpft hast", flüsterte er. „Ich bin so verdammt stolz, dich *mein* zu nennen. Verliere niemals dieses Feuer, Riley. Das ist es, wer du bist, wen ich *liebe.*"

Ich erschauderte und mein Herz schlug wie wild, als ich sein Lob annahm und zuließ, dass sich unsere Vereinigung vertiefte. „Du bist der Einzige, den ich liebe."

Es war eine Wahrheit, die meine Wölfin von Anfang an erkannt hatte – dieser Alpha war schon immer unsere Bestimmung gewesen.

Und jetzt wusste ich auch, wie unsere Zukunft aussah.

„Ich möchte dort sein, wo du bist. Immer." Das war mir klar geworden, als ich mit Kieran darüber gesprochen hatte, wohin wir als Nächstes gehen sollten.

Er hatte recht, dass Jonas eine Herausforderung brauchte.

Und er würde im X-Clan-Sektor, wo er seinen Alpha-Wurzeln treu bleiben konnte, am nützlichsten sein.

Er musste sich überlegen fühlen, aber nicht, weil er arrogant oder stolz war – es war einfach seine Art zu leben.

Jonas küsste mich, seine Lippen und seine Zunge zeigten mir mit jeder Berührung seine Zuneigung und Hingabe, während er mit mir Liebe machte.

Langsam.

Zart.

Perfekt.

Ich wollte nicht schnell oder hart ficken. Ich wollte das hier – einen lebenslangen Schwur.

Jonas ist geheilt. Wir sind in Sicherheit. Wir sind dazu bestimmt, zusammen zu sein.

Das war ein weiterer Grund, den Blood-Sektor zu verlassen – ich wollte nicht in der Nähe ihrer vampirischen Nachbarn in Grönland sein. Klar, der Ozean war groß, aber die Entfernung zwischen den Wölfen des V-Clans und den Vampiren war mir ein wenig zu gering, vor allem nach meiner jüngsten Erfahrung.

Der Andorra-Sektor war sicherer, zumindest theoretisch.

Jonas knabberte an meiner Unterlippe und zog mich tiefer in seinen Bann, während er tief in mich eindrang.

Immer noch langsam, aber zielstrebig.

Es gab nur *uns* und das war perfekt.

Ich seufzte, meine Wölfin freute sich über die Aufmerksamkeiten ihres Alphas. Seine Hände wanderten an meinen Seiten hinauf, und umfassten meine Brüste, bevor sie sich zu meinem Gesicht hoben.

Er stemmte sich etwas hoch und starrte auf mich herab. Seine Augen blitzten besitzergreifend, während er sich in mir bewegte.

Ohne Worte.

Nur Gefühle.

Voller Liebe und Hingabe. Ein Versprechen für die Ewigkeit.

Er starrte mich weiter an, während er mich in die Vergessenheit trieb, und beobachtete mich, als mich sein Knoten von innen heraus beanspruchte.

Es war so intensiv und genau das, wonach ich mich sehnte.

Er küsste mich erneut, während die Wellen der Lust uns beide durchströmten und sein leises Knurren gegen meine Brust vibrierte und in ein Schnurren überging.

Ich schmolz unter ihm dahin. Dieses Geräusch war wie eine Sucht. „Du gehörst mir", flüsterte er.

„Ja", stimmte ich zu und meine Nägel gruben sich ein wenig in seinen Nacken, als ich ihn an mich drückte. „Und du gehörst mir."

Er lächelte gegen meinen Mund und küsste mich erneut innig.

Als sich sein Knoten wieder löste, trug er mich durch die Gästesuite in das angrenzende Badezimmer.

Er badete mich und schnurrte für mich, wusch sich das Blut von seiner Haut. Ich hatte versucht, ihn im Flugzeug mit den Handtüchern, die Kieran zur Verfügung gestellt hatte, zu reinigen, aber ich hatte nicht viel Erfolg dabei gehabt. Fließendes Wasser half mehr.

Erst als wir uns abtrockneten, sagte Jonas: „Wenn du mich bitten würdest, hier zu bleiben, würde ich es tun. Für dich."

„Ich weiß." Er hatte mir mehr als bewiesen, dass er meine Wünsche immer an die erste Stelle setzen würde, aber das war nicht das, was es bedeutete, Lebensgefährten zu sein, wie Kieran mir so hilfreich erklärt hatte.

Der V-Clan-Alpha war ein Rätsel, denn er fand immer weise Worte und sorgte gleichzeitig dafür, dass ich zwischen den Zeilen lesen konnte.

Bei anderen war er nicht so – er konnte ihnen gegenüber sogar regelrecht kalt wirken.

Er war nie kalt bei mir gewesen, aber nicht aus romantischen Gründen.

Wir waren Freunde. Genau wie ich es Jonas gesagt hatte. Zwei Forscher, die beide eine ähnliche Form von Respekt vor der Menschheit hatten.

Er war eher zynisch, ich eher hoffnungsvoll, aber genau das hatte uns geholfen, einander auszugleichen.

„Ich möchte mit dem Andorra-Sektor-Alpha sprechen", sagte ich nach einem kurzen Moment zu Jonas. „Ich möchte mehr über seine Klinik erfahren und vielleicht auch mit Beta Ceres über seine Forschung sprechen."

„Bist du sicher?", fragte Jonas.

Ich nickte. „Es ist das, was für *uns* Sinn ergibt, Jonas. Und Kieran hatte recht, was die mögliche Zusammenarbeit angeht." Ich betrachtete meinen Gefährten, der sich ein Handtuch um die Taille schlang. „Bist du am Andorra-Sektor interessiert?"

„Ich bin daran interessiert, die Optionen mit Ander zu besprechen, ja", sagte er. „Ich kenne seinen Vater, Ludvig. Er ist ein guter Wolf. Wenn Ander so ist wie er, was ich mir gut vorstellen kann, und wenn er bereits einen Sektor übernommen hat, dann könnte Andorra ein guter Ort für uns sein."

„Weil du wieder Bodyguard sein möchtest?", fragte ich überrascht.

„Weil Ander dich so behandeln wird, wie es sich gehört – als weltbekannte Forscherin, die das Potenzial hat, dafür zu sorgen, dass unsere Spezies diese Pandemie überlebt."

Nicht als Omega oder als geschätzte Gefährtin eines Alphas, sondern eine würdige Position, dachte ich. „Denkst du, er wird meine Träume respektieren?"

„Es gibt nur einen Weg, das herauszufinden." Jonas trat

auf mich zu und legte seine Hand um meinen Nacken, während er mir in die Augen blickte. „Ich werde dich nie in eine Lage bringen, in der du dich unterlegen fühlst, und ich werde auch nicht zulassen, dass jemand anderes das tut."

Ich lächelte zu ihm hoch. „Ich bin mir auch nicht sicher, ob ich es zulassen würde."

Seine Mundwinkel zuckten. „Damit rechne ich, *ástin mín*." Er drückte seinen Mund auf den meinen. „Wir werden sehen, ob Ander unsere Erwartungen erfüllt, und dann sehen wir weiter."

„Okay", flüsterte ich.

„Okay", wiederholte er und küsste mich erneut. „Wir stecken da zusammen drin, *ástin mín*. Für immer."

„Für immer", wiederholte ich und lächelte. „Aber glaube nicht, dass das bedeutet, dass ich vorhabe, mich zu benehmen."

Er schnaubte. „Liebes, ich werde nie erwarten, dass *du dich benimmst*. Ich weiß es besser."

„Gut." Ich knabberte an seiner Unterlippe. „Willst du mich noch mal knoten?"

Ein Lachen entwich ihm. „Ich werde dich immer verknoten wollen, aber zuerst brauche ich etwas zu essen, Liebling."

Ich machte einen Schmollmund. „Aber ..."

Er knabberte an meiner Unterlippe und presste seinen Mund an mein Ohr. „Geduld, Riley." Die Worte kamen mit einem Knurren heraus. „Ich werde dich befriedigen, sobald ich gegessen habe. Und jetzt zieh dich an."

Ich stieß einen langen, dramatischen Seufzer aus. „Ich muss wohl wieder anfangen, deinen Knoten zu beleidigen, was?"

„Wenn du das tust, wirst du es bereuen."

„Nicht die übliche Bestrafung?", murmelte ich.

Er schlug mir so fest auf den Hintern, dass ich aufschrie. „Hör auf, mich zu quälen, Omega. Ich brauche feste Nahrung."

Ich tat so, als würde ich wieder schmollen, ging aber auf die Suche nach etwas Anzuziehen.

Die ganze Zeit über beobachtete er mich mit hungrigen Augen.

Es war klar, dass er zwar eine Mahlzeit brauchte, ich aber auf jeden Fall der Nachtisch sein würde – und ich konnte es kaum erwarten.

Mein, dachte ich. *Dieser Alpha gehört nur mir.*

EPILOG

JONAS

ANDER CAIN VERZOG KEINE MIENE. Er starrte nur vor sich hin und vermittelte durch seine strenge Präsenz eine viel stoischere Version seines Vaters.

Vielleicht zeigt er seiner Omega eine viel weichere Seite, mutmaßte ich, als ich an Ludvig dachte. *Oder der Familie, die er gegründet hat.*

Ander fehlte es an Wärme, aber er war weder grausam noch besonders unhöflich. Er saß Riley gegenüber und hörte zu, als sie ihm ihre Forschungen und Referenzen erklärte. Irgendetwas sagte mir, dass er schon alles wusste, was sie ihm erzählte. Dennoch unterbrach er sie nicht. Er zwang sie auch nicht, sich zu verbeugen oder zu betteln.

Das war ein Pluspunkt für ihn.

Er hatte bisher *mehrere* Pluspunkte gesammelt.

Er hatte uns mit seinem Stellvertreter Elias, der neben ihm und damit mir gegenüber am Tisch saß, auf der Rollbahn abgeholt und in ein Gebäude geführt, das offensichtlich erst kürzlich errichtet worden war.

Anstatt uns sofort zum Gespräch zu bitten, hatte er uns die Labore gezeigt und Riley Ceres vorgestellt. Die beiden hatten schon ein paar Mal miteinander telefoniert, da die technologischen Möglichkeiten des Andorra-Sektors mit denen des Blood-Sektors kompatibel waren.

Allerdings war der Blood-Sektor wohl eher futuristischer Natur, was angesichts der magischen Natur dieser Wesen nur allzu verständlich war.

Dennoch hatte der Andorra-Sektor eine gewisse Anziehungskraft, der ich mich nicht entziehen konnte, nicht nur wegen des Anführers, sondern auch wegen der allgemeinen Aura und dem hiesigen Erscheinungsbild.

Ich fühlte mich hier wohl und Rileys eifriger Ton verriet mir, dass es ihr ebenso ging.

Ihre aufgeregte Vorfreude hatte in den Laboren begonnen, nachdem sie Ceres persönlich getroffen hatte. Er hatte ihr etwas gezeigt, woran er arbeitete, und sie hatte sich auf eine hochwissenschaftliche Diskussion mit ihm eingelassen, die ich nicht verstanden hatte.

Elias und Ander hatten sich einen Blick zugeworfen, der andeutete, dass auch sie nichts verstanden.

Aber was auch immer es war, es hatte meine Gefährtin glücklich gemacht, und das hatte mich zufriedengestellt.

Sie versuchte jetzt, sich für eine Stelle zu bewerben, die Ander ihr offensichtlich bereits zugedacht hatte.

Ich konnte es an seinem Gesichtsausdruck sehen.

Er schwieg jedoch und hörte zu, wobei seine goldenen Augen vor Wissen sprühten.

Definitiv der Sohn seines Vaters, entschied ich. *Abgesehen von seinem kühlen Auftreten*, aber damit konnte ich umgehen.

Ich mochte es nicht, unnötig zu sprechen, und wenn er den Smalltalk auf ein Minimum beschränken wollte, war das in Ordnung.

Sein Stellvertreter wirkte etwas weniger stoisch. Sein

mitternachts-blauer Blick passte zu seinem dichten, dunklen Haar, durch das er ein paar Mal mit den Fingern fuhr, während er stillsaß, was darauf hindeutete, dass er nicht gerne stillhielt.

Elias hatte Riley ein paar Mal angelächelt, meist um sie zu ermutigen, weiterzusprechen. Die Geste schien unschuldig – nur die übliche Bewunderung, die Alphas gegenüber Omegas ausstrahlen.

Ander hatte sich überhaupt nicht für ihren Status als Omega interessiert. Er behandelte Riley ganz sachlich, als wäre sie ein weiterer Alpha.

Das war der Einfluss seines Vaters.

Und das war es auch, was seine Gegenwart fast augenblicklich angenehm machte.

Sie holte tief Luft und schloss mit den Worten: „Daher denke ich, dass dies eine sehr gute Lösung für mich wäre."

Ander wartete einen Moment, seine goldenen Augen musterten sie. „Ich stimme dir zu."

Elias nickte.

„Was sind deine Anforderungen?", fragte Ander sie. „Eine Unterkunft, natürlich, aber hast du eine Vorliebe für Zimmer? Bevorzugst du eine bestimmte Lage? Wir haben hier in diesem Gebäude Suiten, aber auch Hütten und andere Arten von Häusern im ganzen Sektor."

Riley schaute mich an.

Ich hatte keine Vorliebe. Ich würde hingehen, wohin Riley wollte.

„Könnten wir die Räumlichkeiten vielleicht besichtigen und dann entscheiden?", fragte sie langsam und richtete ihren Blick wieder auf Ander.

„Natürlich", stimmte Ander zu. „Elias kann euch dabei helfen, eine Besichtigungstour zu organisieren. In der Zwischenzeit könnt ihr hier in einer Gästesuite wohnen."

„Sie brauchen vielleicht zwei Unterkünfte", fügte Elias

hinzu. „Wir haben viele Alphas in diesem Sektor. Es gibt bestimmte Zeiten, in denen sich das als problematisch erweisen kann."

„Problematisch?", fragte ich und verengte meinen Blick. Denn ich wusste *genau*, was das bedeutete.

„Ich werde es nicht beschönigen. Es gibt hier Alphas, die glauben, dass ich nicht alt genug bin, um Sektor-Alpha zu sein. Es gibt häufig Herausforderungen. Ich habe noch keine verloren." Der letzte Teil schien wie eine Warnung zu sein.

Er spürte meine Dominanz als Alpha, denn ich war nicht nur älter als er, sondern vielleicht sogar stärker, was mich zu einer klaren Bedrohung für seine Führungsrolle machte, nur hatte ich keine Lust, seinen Job zu übernehmen.

„Ich beneide dich nicht um deine Position", sagte ich. „Und ich werde dir helfen, sie zu festigen, wenn du ein paar meiner Bedingungen erfüllst."

Riley schaute mich überrascht an. Wir hatten diesen Teil während unseres Meetings nicht besprochen, vor allem, weil ich mir nicht sicher war, ob dies notwendig sein würde. Ich wollte erst ihre Reaktionen sehen. Jetzt, da ich wusste, dass sie bleiben wollte, konnte ich meine Forderungen nennen.

„Nenne deine Bedingungen", sagte Ander mit unveränderter Miene. Elias schien neugierig zu sein, obwohl er auch ein wenig zurückhaltend wirkte.

Ich konnte es ihm nicht verdenken.

Seine Aufgabe bestand buchstäblich darin, Ander zu beschützen, und in Anders Abwesenheit den Sektor zu leiten.

Wenn Riley und ich zustimmten, hier zu bleiben, wäre es meine Aufgabe, sie alle zu bewachen und im Wesentlichen als Bodyguard zu fungieren.

Das würde ich tun.

Solange sie verstanden, dass Riley für mich immer an erster Stelle stehen würde.

„In erster Linie erwarte ich einen angemessenen Schutz für meine Gefährtin. Zu *jeder* Zeit." Dazu gehörten auch ihre Zyklen.

Ander nickte. „Wir sind dabei, Suiten zu entwickeln, die helfen, Gerüche zu maskieren. Diese Suiten werden mit modernster Technologie gebaut, die den Zugang für Unbefugte nahezu unmöglich machen."

„Deshalb habe ich auch einen zweiten Wohnort erwähnt", sagte Elias. „Ich würde empfehlen, eine dieser Suiten entweder in Vollzeit zu nutzen oder sie als Zweitwohnsitz für besondere Umstände bereitzuhalten."

„Wir werden euch beides anbieten", fügte Ander hinzu. „Dr. Campbell bringt enormes Wissen und Erfahrung mit sich. Wir sind bereit, euch alles zu bieten, was ihr braucht, um hier dauerhaft leben zu können."

Elias neigte sein Kinn – die beiden Alphas waren eindeutig auf einer Wellenlänge. Ich hatte den Verdacht, dass sie schon eine Weile befreundet waren.

„Ich möchte während unserer Besichtigungstour die Suite besichtigen", informierte ich die beiden.

„Betrachte es als erledigt", antwortete Ander mit hochgezogener Augenbraue. „Was noch?"

Ich begegnete seinem Blick und hielt ihn. „Du wirst meine Gefährtin niemals bestrafen. Wenn sie etwas tut, das dich beleidigt, sagst du mir Bescheid, und ich kümmere mich um ihre Bestrafung."

Riley atmete scharf ein, woraufhin ich sie ansah.

„Wir wissen beide, dass dies passieren wird", sagte ich zu ihr. „Ich werde nicht zulassen, dass dich jemand außer mir diszipliniert."

Sie sträubte sich. „Wer sagt, dass ich jemals diszipliniert werden muss?"

Ich starrte sie nur an, bis sich ihre Wangen wunderschön rosa färbten.

„Ich bin kein Haustier, das jedem Befehl gehorchen muss", murmelte sie.

„Natürlich nicht", stimmte ich zu. „Nur meine temperamentvolle Omega, die keine Probleme damit hat, Alphas herumzukommandieren."

„Nur, wenn sie es brauchen", erwiderte sie.

Ich lächelte und sah Ander erwartungsvoll an.

„Einverstanden", antwortete er, weiterhin überaus stoisch.

Inzwischen schien Elias Riley mit etwas mehr Bewunderung anzuschauen.

Ja, meine Omega ist gerne eine Göre, dachte ich bei mir. *Aber sie ist* meine *Göre.*

„Wenn sie jemand zurechtweist oder anderweitig berührt, werde ich das als direkte Herausforderung verstehen, und das wird für alle Beteiligten nicht gut ausgehen", fügte ich hinzu und vergewisserte mich, dass sie mich hörten und verstanden.

Ich hatte keinen Zweifel daran, dass Riley eines Tages Ander verärgern würde.

Sie war stur und leidenschaftlich, während er die Ruhe selbst war und eine unerschütterliche Ausstrahlung hatte. Diese Kombination von Persönlichkeiten würden entweder ein perfektes Paar ergeben oder in einem Konflikt enden.

Deshalb wollte ich, dass er nicht derjenige war, der sie diszipliniert.

Ich würde es tun.

Und nur ich.

„Verstanden", wiederholte er, diesmal mit etwas mehr

Härte im Ton. „Und wenn jemand Riley in diesem Sektor anrührt, wird er es auch mit mir zu tun bekommen."

„Das sehe ich genauso", stimmte Elias zu.

Ich nickte. *Das* war es, was ich hören wollte – eine Garantie, meine Gefährtin zu beschützen, als gehöre sie auch ihnen. „Dann sind meine Bedingungen erfüllt."

„Das ist alles?", fragte Riley ungläubig. „Ein sicherer Ort für meinen Zyklus und die Garantie, dass nur du mich zurechtweisen wirst?"

„Ja." Ich sagte nichts weiter, denn es gab nicht mehr viel zu sagen.

„Ernsthaft?", drängte sie. „Du willst nicht um eine Stelle verhandeln?"

„Meine Position ist die eines Bodyguards", sagte ich. Ich brauchte Anders Wort nicht, um das zu wissen. Das war *meine* Rolle. „Ich werde dich und andere beschützen. Für immer."

„Aber hier kann mir nicht viel passieren", argumentierte sie. „Sie haben eine *Kuppel* gebaut." Sie zeigte nach oben, als wüsste ich nicht, was sie meinte.

Es war ein ziemlich beeindruckendes Bauwerk, durch das wir geflogen waren. Die Glaskuppel musste geöffnet werden, um unsere Landung zu ermöglichen. Offenbar erstreckte sie sich über den gesamten Sektor bis hinunter ins Erdreich.

Es gab einige Türen, die einen Zugang von außen ermöglichten, wenn ein Wandler einen guten Lauf brauchte, aber es war extrem sicher.

Es war nicht wirklich Glas, sondern ein Hightech-Material mit der Struktur von Glas, die einen schönen Blick auf die umliegenden Berge ermöglichte.

„Die Infizierten sind nicht die einzige Bedrohung da draußen", erinnerte ich sie. „Aber ich stimme zu – die Sicherheitsmaßnahmen hier gefallen mir."

Sie warf mir einen Blick zu. „Die Sicherheitsmaßnahmen bedeuten, dass du dich langweilen wirst."

„Mit dir als Gefährtin?", fragte ich und lächelte. „Es wird mir nie langweilig werden. Außerdem wird Ander sicher Aufgaben für mich finden."

„Das werde ich", sagte er, ohne eine Sekunde zu verlieren. „Mehrere."

Loyalitätstests, übersetzte ich im Stillen. Sein Vater hatte vielleicht ein gutes Wort für mich eingelegt, aber Ander würde wollen, dass ich ihm meinen Wert bewies. „Ich freue mich darauf."

„Dann kann ich es kaum erwarten, dir Enzo vorzustellen", sagte er, was Elias zu einem Schnauben veranlasste.

„Einer deiner Herausforderer?", vermutete ich.

Ander grunzte. „Wenn man ihn so nennen kann."

Riley runzelte die Stirn. „Willst du Jonas für Kämpfe einsetzen?" Ihr Geruch veränderte sich und verriet mir, dass sie besorgt war.

„Ich werde nicht viel kämpfen müssen, *ástin mín*", versprach ich. „Ein oder zweimal werden ausreichen, um die Hierarchie festzulegen."

Sie wusste genauso gut wie ich, dass dieser Teil notwendig sein würde. Im Herzen waren wir Tiere. *Wölfe*. Hierarchie war für uns alle eine Selbstverständlichkeit.

Ihr Stirnrunzeln vertiefte sich.

„Ich bezweifle, dass Ander irgendwelche Vampire in seinem Sektor hat", fügte ich leise hinzu. „Ich bin mit V-Clan-Wölfen aufgewachsen. Ich komme schon klar."

„Ich weiß. Ich mag nur nicht daran denken, dass du kämpfst, nachdem …" Sie brach ab.

Ich streckte die Hand aus und knetete ihren Nacken.

„Ich habe diesen Wikinger-Alpha besiegt. Ich bezweifle, dass einer von Anders Alphas mit ihm mithalten könnte."

„Wo zum Teufel hast du gegen einen Wikinger-Alpha gekämpft?", fragte Elias sichtlich verblüfft.

„North Carolina." Ich ging nicht näher darauf ein, da ich diese Geschichte nicht diskutieren wollte. „Ich kann dir bei deinem Problem der Herausforderer helfen."

Anders goldene Augen flackerten mit den ersten Anzeichen einer Emotion. Es war nur ein Hauch der Erleichterung. „Dann werde ich dich dem Rudel vorstellen."

„Jetzt schon?", fragte Riley mit einem Keuchen. „Er wird heute kämpfen?"

Ich drückte ihr noch einmal sanft den Nacken. „Ich glaube nicht, dass er heute meint. Wir müssen erst noch eine Tour machen."

Ander gab keinen Kommentar ab, was ich zu schätzen wusste. Andere Alphas hätten an Rileys Tonfall Anstoß genommen, aber er beobachtete sie nur.

„Okay", stimmte sie zu und ihre blauen Augen fanden meine. „Zuerst die Tour."

Ich beugte mich vor und drückte ihr einen Kuss auf die Wange. „Wir werden das richtige Nest finden."

Sie verengte ihren Blick, was mich zum Grinsen brachte.

„Ich bin jetzt dein ausgehaltener Alpha", fügte ich lächelnd hinzu. „Ich will ein Nest, in dem ich leben kann, während du arbeitest."

Sie rümpfte ihre Nase und merkte, dass ich sie auf den Arm nehmen wollte, zumindest ein bisschen.

Ich wollte ein Nest – nur mit ihr. Vielleicht würden wir eines Tages Welpen haben, vielleicht aber auch nicht.

Ich würde die erforderlichen Pillen nehmen, um

während ihres Zyklus nicht fruchtbar zu sein, es sei denn, sie wünschte etwas anderes.

Mein Leben war Riley.

Ihr Glück war für mich das Wichtigste, und das bewies ihr Lächeln. Es ließ meinen Wolf zum Leben erwachen und meine Seele wurde durch das Vergnügen meiner Gefährtin befriedigt.

„Wir werden ein Nest bauen", sagte sie mir mit leuchtenden Augen. „Gemeinsam."

„Gemeinsam", stimmte ich zu.

Ihre Lippen spitzten sich, und sie sah Ander wieder an. „Ich denke, es ist Zeit für unsere Tour durch deinen Sektor, Alpha. Mein Gefährt und ich müssen uns ein neues Zuhause aufbauen."

Ich zog sie zu mir heran und küsste ihre Schläfe.

Für dich war die Bruchlandung unseres Flugzeugs in der Nähe eines Infizierten-Nests all den Schmerz und all das Chaos auf der Welt wert, dachte ich stumm. *Ich kann es kaum erwarten, zu sehen, was das Schicksal als Nächstes für uns auf Lager hat.*

Ende

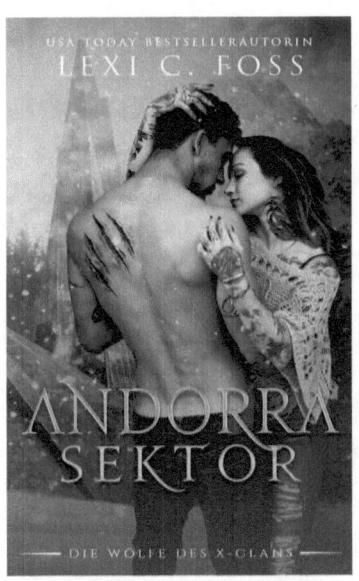

ANDORRA SEKTOR

Katriana Cardona
Mein Leben endete in dem Moment, als die X-Clan Wölfe
mich fanden.

Mich Bissen.
Mich Verwandelten.
Und mich für ihren Clan beanspruchten.

Meine genetischen Marker kennzeichnen mich als eine
seltene Omega, aber geistig bin ich eine Alpha-Wölfin.
Ich werde mich nicht unterwerfen. Nicht einmal für den
Alpha des Andorra Sektors.

Ander Cain verspricht mir Schutz.
Eine neue Welt voller Vergnügen und Schmerz.
Im Gegenzug will er mich besitzen.

Selbst, wenn es bedeutet, mich mit Gewalt zu nehmen.

Ich soll verdammt sein, wenn ich mich ohne Kampf ergebe. Ich habe die letzten 20 Jahre damit verbracht, gegen Zombies zu kämpfen. Diese Wölfe wissen gar nicht, wie ihnen geschieht, bis ich mit ihnen fertig bin.

Ander Cain
Mein Leben begann in dem Moment, als ich sie fand. Meine süße kleine Gefährtin.
Sie ist die Naturgewalt, die der Andorra Sektor braucht, um uns Hoffnung auf eine Zukunft zu geben. Einen Grund, weiterzumachen und unser Land vor der Zombie-Plage zu schützen.

Doch sie weigert sich, nach unseren Regeln zu spielen.

Geboren in einer Zeit, in der Menschen alles tun, um zu überleben, ist sie nicht an die Rudelhierarchie oder die Gesetze gewöhnt, an die sich unsere Art hält.
Oh, aber sie wird es lernen. Und ich werde es sehr genießen, derjenige zu sein, der sie schult.

Katriana Cardona kann gegen mich kämpfen, so viel sie will, aber am Ende wird sie mir gehören.
Ob sie sich unterwirft oder nicht.

USA Today Bestsellerautorin Lexi C. Foss ist eine Schriftstellerin, verloren in der Welt der Computer. Sie lebt in Chapel Hill, North Carolina mit ihrem Mann und ihren haarigen Gesellen. Wenn sie nicht gerade schreibt, ist sie mit Sicherheit auf Reisen. Viele der Orte, die sie schon besucht hat, lassen sich in ihren Büchern wiederfinden, einschließlich der mystischen Welt von Hydria, die auf der griechischen Insel Hydra basiert.

Lexi ist ein bisschen verschroben, trinkt viel zu viel Kaffee und schwimmt gern.

Würden Sie gern über Neuerscheinungen informiert werden? Dann tragen Sie sich für ihren Newsletter ein:
https://www.lexicfoss.com/deutschen-newsletter

Besuchen Sie Lexi im Netz!
https://www.lexicfoss.com/aktuell

E-Mail: lexicfoss@gmail.com

BÜCHER VON LEXI C. FOSS

Akademie der Mitternachtsfeen:

Buch Eins

Buch Zwei

Buch Drei

Buch Vier

Ellas Mitternachtsmärchen

Die Blutallianz:

Chastely Bitten – Keuscher Biss (Buch 1)

Royally Bitten – Königlicher Biss (Buch 2)

Regally Bitten – Majestätischer Biss (Buch 3)

Rebel Bitten – Rebellischer Biss (Buch 4)

Kingly Bitten - Royaler Biss (Buch 5)

Cruelly Bitten - Grausamer Biss (Buch 6)

Die Wölfe des X-Clans

Der Ursprung

Andorra Sektor

Das Experiment

Pfeil des Winters

Bariloche Sektor

Königin der Elemente:

Buch Eins

Buch Zwei

Buch Drei

Königin der Elementefeen: Die nächste Generation

Eigenständige Fee-Romane

Königin der Winterfeen

Unsterblich verflucht:

Blood Laws – Blutgesetze (Buch 1)

Forbidden Bonds – Unsterblich entfesselt (Buch 2)

Blood Heart – Blutige Unschuld (Buch 3)

Blood Bonds – Unsterblich geboren (Buch 4)

Angel Bonds – Himmlische Bande (Buch 5)

Blood Seeker – Die Fährte des Blutes (Buch 6)

Blood Burden – Himmlische Bürde (Buch 7)

Wicked Bonds - Himmlisch verrucht (Buch 8)

Blood King - Herrscher des Blutes (Buch 9)

Eigenständiger paranormaler Liebesroman

Rotanev – Eine Poseidon-Erzählung

Carnage Island: Wolfsklauen und verbotene Bisse

Und auch die folgenden Bücher von Lexi C. Foss werden in Kürze auf Deutsch erhältlich sein:

Auferstanden aus der Dunkelheit:

Daughter of Death – Die Tochter und der Tod (Buch 1)

Paramour of Sin – Die Geliebte und die Sünde (Buch 2)

Son of Chaos – Der Sohn und das Chaos (Buch 3)

Heiress of Bael – Die Erbin von Bael (Buch 4)

Princess of Bael – Die Prinzessin von Bael (Buch 5)